पहिये ज़िन्दगी के

नितीश चौबे

अध्याय वर्णन

आभार

इस दुनिया में ईश्वर ने इंसानों को एक सामाजिक प्राणी के रूप में ढाला है। इसलिए हर कार्य के लिए अपने सहयोगियों का आभारी होना, इंसान का प्रथम कर्तव्य है। यह पुस्तक "पहिये ज़िन्दगी के" के सभी सहयोगियों को धन्यवाद देना भी, मेरा प्रथम कर्तव्य है। सबसे पहले मैं धन्यवाद देना चाहूँगा ईश्वर को, जिन्होंने जीवन के हर मोड़ पर, किसी ना किसी रूप में आकर इस भक्त की सहायता की और आशीर्वाद प्रदान किया। इतने स्वरुप हैं उस ईश्वर के, हर एक स्वरुप को बहुत-बहुत धन्यवाद।

मैं अपने परिवार जनों को भी धन्यवाद देना चाहूँगा, जिनके साथ और विश्वास से मैं, इस पुस्तक को लिखने में सफल हो पाया। पिताश्री श्री चंद्रहास चौबे, माताश्री श्रीमती मीना चौबे, बहन प्रीती चौबे और भ्राता अभिलाष चौबे का बहुत-बहुत धन्यवाद।

इस पुस्तक के कवर-डिज़ाइन के लिए मैं दिग्गज कलाकार श्री सुमित मिश्रा जी को धन्यवाद देना चाहता हूँ, जिन्होंने अपना बहुमूल्य समय इस पुस्तक के कवर डिज़ाइन के लिए दिया, और एक बहुत सुन्दर प्रस्तुति देने में हमारी सहायता की।

मैं बहुत-बहुत धन्यवाद देना चाहूँगा स्वर्गीय श्री रामरूप प्रसाद राय जी को, जिनके आशीर्वाद से, मुझे यह पुस्तक प्रस्तुत करने का मौक़ा मिला। इनके आशीर्वाद के बिना यह कार्य अधूरा सा था।

मैं बहुत-बहुत धन्यवाद देना चाहूँगा मिस पदम्जा रॉय को, जो इस "पहिये ज़िन्दगी के" पुस्तक के पहियों के रूप में, हमेशा कार्यरत रहीं। जिस प्रकार पहियों के बिना सफ़र नहीं किया जा सकता, उसी तरह इनकी सहायता के बिना यह पुस्तक का कार्य आगे बढ़ पाना मुश्किल था।

मैं बहुत-बहुत धन्यवाद देना चाहूँगा टीना भाटिया जी को, जिन्होंने अपना कीमती समय इस कहानी के शब्दों को सँवारने के लिए दिया।

इस पुस्तक के फॉन्ट कन्वर्शन के लिए मैं धन्यवाद देना चाहूँगा श्री अमित घोष जी को। मैं नोशन प्रेस की सम्पूर्ण टीम को भी बहुत-बहुत धन्यवाद देता हूँ।

और मैं अपने उन सभी मित्रों को भी धन्यवाद देना चाहता हूँ, जो हर पल किसी ना किसी तरह मेरे साथ रहे। सबका नाम लिखने जाऊँगा, तो पूरी पुस्तक कम पड़ जाएगी।

कृपया आप सभी मेरा धन्यवाद स्वीकार कर, अपनी मुस्कान से इस ख़ुशी में चार-चाँद लगाएँ और इसी तरह अपना प्रेम और आशीर्वाद मुझ पर बनाएँ रखें।

प्रस्तावना

"पहिये ज़िन्दगी के", एक काल्पनिक प्लॉट पर, कुछ सामाजिक मुद्दों पर हल्का ध्यान खींचने वाली कहानी है। हर इंसान की एक कहानी होती है, जिसको वह अपनी समझ के हिसाब से जीता है और इसी को हम ज़िन्दगी कहते हैं। जैसे इंसान परफ़ेक्ट नहीं होता, वैसे ही इंसान के द्वारा जी गई ज़िन्दगी भी परफ़ेक्ट नहीं होती। ज़िन्दगी के तीन पड़ाव "बचपन, जवानी और बुढ़ापे" को विभिन्न किरदारों के माध्यम से जोड़ती यह कहानी, पहियों की तरह घूमती है, इसलिए इसका नाम "पहिये ज़िन्दगी के" रखा गया है। पहियों से यहाँ सिर्फ़ समय के पहिये नहीं, बल्कि साइकिल के पहियों का भी तात्पर्य है। पहिये समय के हों या साइकिल के, जब घूमते हैं, तो सफ़र शुरू हो ही जाता है। और उस सफ़र में हैंडल संभाले, पैडल मारे, हर इंसान अपनी गति से आगे बढ़ता रहता है। इस कहानी के सभी पात्र और घटनाएँ काल्पनिक हैं, और इसका वास्तविक जीवन से कोई सम्बन्ध नहीं। ड्रामे और हल्के व्यंग के तड़के के साथ तैयार की गई यह कहानी, आपके मनोरंजन के ज़ायके को तंदरुस्त कर देगी। कहानीकार के तौर पर विचारों में यहाँ-वहाँ भटकने के बाद, लेखक ने आम इंसान की ज़िन्दगी और कुछ काल्पनिक किरदारों को जोड़कर, एक आम, पर थोड़ी अलग! कहानी का

निर्माण करने का प्रयत्न किया है। तो आईए हो जाते हैं पहियों पर सवार, और लेते हैं इसके सफ़र का मज़ा। अब कितना मनोरंजन यह आपको देती है, यह तो आपके कलात्मक विचारों पर, हमारे शब्दों के पैडल ही तय करेंगे। प्रस्तुत है आपके समक्ष "पहिये ज़िन्दगी के"

अध्याय 1
अतरंगी

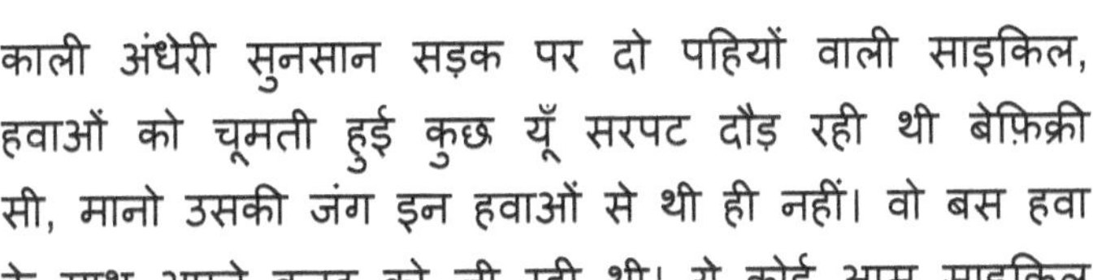

काली अंधेरी सुनसान सड़क पर दो पहियों वाली साइकिल, हवाओं को चूमती हुई कुछ यूँ सरपट दौड़ रही थी बेफ़िक्री सी, मानो उसकी जंग इन हवाओं से थी ही नहीं। वो बस हवा के साथ अपने वजूद को जी रही थी। ये कोई आम साइकिल नहीं थी।

ये उन दिनों की बात है, जब चार चक्का वाहनों में बहुत सी नई गाड़ियाँ आईं थीं। जिनमें एम्बेसेडर सिर्फ़ शौक़ीन लोग चलाते थे, पर गाड़ियों में ज़्यादातर देखी जाने वाली गाड़ी थी मारुति 800 या स्पलेंडर। ये वैसी ही बात है, जैसे बिस्कुट में बहुत से बिस्कुट थे, पर ज़्यादातर खाया जाता था पार्ले-जी। जी हाँ! बिस्कुट कहना ठीक रहेगा, क्योंकि अंग्रेज़ी उच्चारण का "बिस्किट" शब्द वो मज़ा नहीं देता, जो बिस्कुट देता है। शायद मीठे को शुगर लेस या शुगर फ़्री कर देना स्वाद किरकिरा कर देता है। ज़िन्दगी भी हर शब्दों में अलग खेल खेलती है। पहियों की सवारी के लिए पहले ख़ुद को शब्दों में ढाल लीजिए, फिर ना कहिएगा कि "मज़ा नहीं आया।"

नहीं मानते?

तो एक बार कह के देखिए...बिस्कुट।

आ जाएगा...आ जाएगा...वो स्वाद भी आ जाएगा, थोड़ा सब्र रखिए। हर चीज़ में समय लगता है। हमारी रफ़्तार उन पहियों के जैसी नहीं है ना! जो अभी भी उस सुनसान सड़क पर दौड़ रहे हैं, चलिए तो वापस आते हैं पहियों पर।

जैसा कि मैंने कहा, ये कोई आम साइकिल नहीं है। जी हाँ! ये साइकिल वही है जो आम लोग चलाते हैं! पर ये किसी ऐसे व्यक्ति विशेष की है, जो इसके हर अंग से इतना प्यार करता है कि उसने इसे कुछ यूँ सजा रखा है, जैसे शादी के दिन दुल्हन, ब्यूटी पार्लर से निकलकर, गहनों और अपने लहंगे से लदी होती है। "खूबसूरती, देखने वालों की आँखों में होती है" ऐसा कहते हैं! पर नज़रें कमज़ोर हो जाने पर चश्मा लगाना पड़ता है। हम तो बस नज़रों पर चश्मा चढ़ा सकते हैं, नज़रिया बदल सकते हैं, या फिर उस व्यक्ति या वस्तु का हुलिया, जिसे हम खूबसूरत देखना चाहते हैं। इस प्रक्रिया को वैसे तो मेकओवर कहते हैं, पर गाड़ियों में इसे मॉडिफ़िकेशन कहा जाता है। ख़ैर ये तो साइकिल है, तो हम मॉडिफ़िकेशन शब्द से ही काम चला लेते हैं। बुरा ना मानिएगा! गाड़ियों की मोटर नहीं चुराई है, बस एक शब्द कॉपी पेस्ट किया है। क्योंकि पहियों पर हक़ तो साइकिल का भी उतना ही है, जितना मोटर का है।

ओह! शायद हम यहाँ विचारों में भटक गए हैं। ये तो भूल ही गए कि वो साइकिल अभी भी सुनसान अंधेरी सड़क पर दौड़ रही है।

ट्रिंग ट्रिंग...

घंटी की आवाज़ बीच-बीच में आ रही है और मद्धम सा संगीत बज रहा है।

अरे! ये तो साइकिल है, इसमें संगीत कहाँ से आया?

चिंता ना कीजिए! पूरा बंदोबस्त है।

सवाल तो ये उठ रहा है कि सड़क है सुनसान और मद्धम संगीत भी बज रहा है, तो फिर ये "ट्रिंग-ट्रिंग" कर के माहौल में ख़लल क्यों किया जा रहा है?

"शो-ऑफ" कहते हैं इसे। अरे भई! अब घंटी दी गई है तो बजाना तो पड़ेगा ना, वरना पता कैसे चलेगा कि मॉडिफ़िकेशन के चक्कर में बेसिक फ़ीचर्स हैं भी या कहीं खो गए हैं।

तभी अचानक अँधेरे रास्ते शुरू होते हैं। ये पूरी तरह से अँधेरे रास्ते नहीं हैं। चलिए पहियों के साथ हैं तो शहर का हाल भी आपको बता देते हैं। ये अँधेरे रास्ते चुनावी रैलियों के वक़्त जगमग हुआ करते थे, पर अब चुनाव काफ़ी पीछे छूट चुका है, तो सड़क के किनारे लगे खम्भे भी हर किसी "ऐरे गैरे नत्थू खैरे" के लिए अपनी ऊर्जा व्यर्थ नहीं करना चाहते। और करेंगे भी क्यों? आप हैं कौन?

धड़ धड़ धड़ धड़...

लगता है कुछ डिस्टर्बेंस आया है।

कहीं ज़्यादा व्यंगात्मक तो नहीं हो गए ये पहिये?

तो संगीत को थोड़ा मधुर करते हैं। चलिए संगीत बदला जाए उस रेडियो पर, जो हमारी साइकिल की शान बढ़ा रहा है। बताएँगे रेडियो के बारे में भी, पर पहले ये...

"धड़-धड़, धड़-धड़" का क़िस्सा तो ख़त्म करें।

अरे! हुआ कुछ नहीं। बस यूँ था कि अंधेरों में यहाँ के बिजली के खम्भों की जानकारी देने में, सड़क देखना भूल गए, थोड़े गड्ढे आ गए थे। अब क्या ही बताएँ? फिर चुनाव की बातें करना बोरिंग हो जाएगा। हम तो पहियों पर ही फ़ोकस करते हैं।

"पाने कसने का शौक़ है, ताने कसने का नहीं!"

देखिए हमारे व्यक्ति विशेष की तरफ़।

ना-ना शक्ल नहीं दिखाई है अभी!

अभी हैंडल को प्यार से सहलाते हुए हाथ दिखाए हैं, जो गड्ढों की चोट से पहुँची ठेस के लिए साइकिल को सांत्वना दे रहे हैं। सांत्वना देना भी ज़रूरी है ना! आख़िर साइकिल से प्यार जो है।

हाथ हैंडल को सहलाते हुए, साइकिल की सतरंगी ज़ुल्फ़ों को सँवारते हैं। जी हाँ! सतरंगी ज़ुल्फ़ें। हैंडल के कोनों में स्टाइलिश पकड़ के लिए डिज़ाइनर ग्रिप लगाई हुई है, और सतरंगी लड़ियाँ दोनों तरफ़ की ग्रिप पर ज़ुल्फ़ों की तरह सजाई हुई हैं, जो हवा के साथ तालमेल बैठा कर ज़ुल्फ़ों की तरह उड़ती रहती हैं। और आगे की तरफ़ जाली वाली डिक्की में रेडियो लगा रखा है। अब समझें? संगीत कहाँ से आ रहा था?

आप अकेले ही हैशटैग वांडरलस्ट वाले नहीं हैं। हमारे व्यक्ति विशेष ने भी अपने सफ़र का पूरा इंतज़ाम कर रखा है। पर ये सफ़र करते कहाँ हैं? बताएँगे! चलते रहिए।

सड़क पर अंधेरा बहुत होने के कारण साइकिल को फिर से चोट ना पहुँचे, इसलिए घंटी के बाजू में लगे बटन को दबा कर थोड़ा उजाला किया जाए। बटन को दबाते ही साइकिल के डंडो पर, सजावटी तरीके से चिपके तारों से करंट कुछ यूँ दौड़ा कि साइकिल के आगे लगी हेडलाइट और टायरों पर लगी सतरंगी चीनी बल्ब की सीरीज़ जगमगा उठी। पर इन्हें बिजली मिलती कहाँ से है?

ज़रा देखने दीजिए, अच्छा! सीट के नीचे के सीधे डंडे पर एक बैटरी को भी फिट किया गया है। बैटरी के पास से कैरिएर पर नज़र पड़ते ही, उस पर रखी एक खूबसूरत सी महिला की तस्वीर दिखाई देती है। आख़िर ये महिला हैं कौन? इनकी तस्वीर को कैरिएर पर यूँ रखा गया है, मानो इन्हे सैर कराने निकले हों।

आख़िर कौन है ये अतरंगी इंसान? ज़रा शक्ल तो देखी जाए। अँधेरे में ज़्यादा कुछ दिखाई तो नहीं दे रहा, पर लाल चमकदार शर्ट, पीली टोपी, रात में सतरंगी चश्मा, नीली पैंट और सफ़ेद जूते पहने ये इंसान एकदम इंद्रधनुष सा लग रहा है। पर ये जा कहाँ रहा है?

वैसे हमें तो ये भी नहीं पता कि ये आता कहाँ से है? और जाएगा कहाँ? पर अब पहियों की सवारी कर रहे हैं तो ढूँढ ही लेंगे।

पीली टोपी के नीचे से निकले हुए बाल, जो हवा के साथ उड़ रहे थे, उनकी उड़ान में थोड़ा धीमापन आया है। शायद साइकिल के पहियों को ब्रेक की गिट्टीयों ने अपने वश में कर लिया है। हैंडल पे रखे हाथों को ब्रेक दबाने की ज़रूरत या तो मंज़िल पर पहुँचने पर पड़ती है, या फिर कोई अंतराल के लिए...

आईए देखते हैं! सतरंगी चश्में के पीछे की आँखों से आसपास के नज़ारें।

ये सतरंगी नज़रें कुछ ढूँढ रहीं हैं। नज़रे घूमती हैं तिराहे के बायीं सड़क के एक कोने में, जहाँ देर रात का बाज़ार है। जिसमे लगभग सभी दुकाने बंद हो चुकी हैं। जगमगाते बाज़ार पर दुकानों के बंद हो जाने से सुनसान पड़ा है। सभी दुकानदार अपना-अपना सामान बेच, अपना हिसाब-किताब कर के दुकानों में ताले लगा कर अपने घर जा चुके थे। बस कुछ छोटी-मोटी दुकानें अपना वजूद बनाएँ हुए थीं।

अतरंगी इंसान का सूखता गला अपना सुकून ढूँढ रहा था, कि तभी दायीं ओर की सड़क से कुछ आवाज़ सुनाई देती है। इस आवाज़ में बहुत चुभन थी। अब एक तरफ़ बाज़ार में सूखते गले का सुकून और दूसरी तरफ़ चुभती हुई आवाज़। इसी बीच कहीं दूर से हल्के-हल्के गाने और नाचने का शोर सुनाई देता है। लगता है कहीं आसपास कोई बारात जा रही है। पर वो अतरंगी इंसान की सतरंगी नज़रों के क्षेत्र में दूर-दूर तक कहीं नही थी, बस हल्का शोर था। अपने सर को नीचे कर के और उसे हल्का झटक के, अतरंगी इंसान वापस उसी शांति को पाता है, जिसमें वो अपने पहियों के सफ़र के रुकने से पहले था।

पर फिर से दायीं ओर से वो चुभती हुई आवाज़ मन की शांति को भंग कर रही थी। बायीं ओर बाज़ार की चमक थी पर दायीं ओर हल्का अंधेरा, कुछ साफ दिखाई नहीं दे रहा था। साइकिल को स्टैंड पर लगाकर अतरंगी इंसान, उस आवाज़ की तरफ़ बढ़ता है। चंद क़दमों की दूरी पर चार-पाँच व्यक्ति हाथ में कुल्हाड़ी लिए, एक विशाल से पीपल के पेड़ को काट रहे थे। उस पीपल के पेड़ के नीचे कुछ बुझे हुए दीपक थे और ना-जाने कितने धागे उसके चारों ओर लिपटे हुए थे। पता नहीं कितने लोगों की श्रद्धा एवं आस्था जुड़ी होगी इस वृक्ष से।

अतरंगी इंसान अपनी आँखों से सतरंगी चश्मा हटाता है। आँखों में क्रोध से लाल ख़ून उतरा हुआ है। उन कुल्हाड़ी पकड़े व्यक्तियों की तरफ़ क़दम बढ़ा ही रहा होता है कि तभी..

"धाड़"

अतरंगी इंसान के पैरों से कुछ दूर वो पेड़ गिर के अपना दम तोड़ देता है, क़दम रुक जाते हैं।

मन में एक आवाज़ उठती है।

"आख़िर क्यों? क्यों काट देते हो ऐसे ही पेड़ों को?"

और झुकी हुई नज़रें, उस मरे हुए पेड़ को देखतीं हैं।

आँखों में लाल रंग का उभरा ख़ून, भाप बन कर आँसुओं में बह जाता है। और आँखों को ज़ोर से मीचे अतरंगी इंसान, अपनी लाचारी को परम शांति का रूप देता है।

वो कुल्हाड़ी पकड़े व्यक्ति आपस में बात करते हैं।

"कट गया पेड़!" अब साहब की गाड़ी पर कोई गन्दगी नहीं होगी, रोज़ वो पंछी गाड़ी पर हग देते थे। कितनी परेशानी होती थी साहब को!"

अतरंगी इंसान की नज़रें पास खड़ी आलीशान गाड़ी पर पड़ती है, जो अपने रंग पर इतराते हुए, अकड़ के खड़ी थी। आख़िर चमक ही उसमें कुछ ऐसी थी, तो हो भी क्यों ना वो अकड़!

उस पर ज़रा सी गन्दगी की वजह से कितने पक्षियों के घर उजाड़ दिए गए और ना जाने कितनों की आस्था को मिटा दिया गया।

"आपका जूस तैयार है! एकदम चका-चक निम्बू, पुदीना मार के बर्फ़ के साथ ठंडा करके निकाला है।"

हाँफ़्ते स्वर में भोला की आवाज़ आती है। जो बाज़ार की ओर से भागता हुआ इस ओर अतरंगी इंसान के पास आया था। अतरंगी इंसान चश्मा वापस पहन, इस बेरंगी दुनिया से अपनी सतरंगी दुनिया में हल्की मुस्कान के साथ वापस आता है। और साइकिल के पास जाकर, उसके आगे की निचली ओर के डंडे पर से एक बोतल स्टैंड में रखी बोतल निकाल कर, भोला को पकड़ाता है।

भोला दौड़ कर बाज़ार के कोने में लगी अपनी गन्ने की चरखी पर जाता है। वहाँ बैठे कुछ ग्राहकों से गन्ने के जूस का आर्डर लेता है। अपने गन्ने की चरखी की मोटर चालू कर जूस

निकालना शुरू करता है। गर्मियों का मौसम और रात में गन्ने का जूस, शायद यही सुकून अतरंगी इंसान का सूखता गला ढूँढ रहा था। भोला जूस को बोतल में भर अतरंगी इंसान को सौंपता है। अतरंगी इंसान मुस्कुराता हुआ वापस अपने सफ़र पर निकल पड़ता है।

अँधेरी गलियों से होता हुआ अतरंगी इंसान, अपने रेडियो के गानों का मज़ा लेते हुए, बोतल से हल्का-हल्का जूस का लुत्फ़ उठा रहा है। एक हाथ से साइकिल के हैंडल को संभाले, वो एक मोहल्ले तक पहुँचता है। अचानक़ कोने में बैठा एक भूरे रंग का कुत्ता, उसकी साइकिल का पीछा करने लगता है। कुत्ता बिल्कुल आक्रामक व्यवहार में नहीं है। शायद पहले की जान पहचान या कुछ स्वार्थ छुपाए है। उसकी दुम हल्की-हल्की झूम रही है। अतरंगी इंसान साइकिल को स्टैंड पर लगा, अपनी जेब से एक ब्रेड का पैकेट निकालता है। दिखने में ये आम ब्रेड तो नहीं लग रही! ट्रांसपेरेंट पॉलिथीन में रखी ये ब्रेड, किसी लघुउद्योग द्वारा निर्मित मालूम पड़ती है। पीले रंग की ब्रेड, जिसके कोनों को ज़्यादा पका कर भूरा कर दिया गया है। और टूटी-फ्रूटी से भरी ये ब्रेड, स्वीट डिश की तरह प्रतीत हो रही है। अपनी खाने की उत्तेजना को छुपाए वो कुत्ता, ब्रेड को अपने सामने परोसे जाने का इंतज़ार करता है। और जैसे ही ब्रेड परोसी जाती है, बड़े प्यार से उसके स्वाद का आनंद लेते हुए खाने लगता है। वैसे ये कोई आवारा कुत्ता नही है। मोहल्ले में इसका भी एक घर है। पर इसका मालिक इसे बाँध कर रखना पसंद नहीं करता। मोहल्ले के हर घर के लोगों से और यहाँ आने जाने वाले हर इंसान से परिचित ये कुत्ता, अक्सर इस मोहल्ले की रखवाली के लिए खुला घूमता रहता है। अपनी धुन में जी रहे

मस्त मौले की तरह, हर घर से प्यार और दुलार लेकर सबको एक राजा की तरह सुरक्षा प्रदान करना ही इस कुत्ते ने अपना कर्तव्य मान लिया है।

ब्रेड परोसने के बाद अतरंगी इंसान, अपनी साइकिल की हेड लाइट जला कर मोहल्ले की अंधेरी गलियों से होते हुए कहीं गुम हो जाता है। गर्मियों के मौसम में रात के वक़्त जहाँ लगभग पूरा शहर सो चुका है, वहाँ मनोरंजन की कमी के कारण दिन भर बोर हुआ एक दस वर्षीय बच्चा, घर की खिड़की से अतरंगी इंसान को जाते देखता है। वैसे ये बच्चा रोज़ ही अतरंगी इंसान को यहाँ से गुज़रते हुए देखता था। क्योंकि अतरंगी इंसान की साइकिल को देख कर इस बच्चे को बड़ा आनंद मिलता था। वैसे तो बच्चों की ज़िन्दगी में मनोरंजन के तरीके बहुत होते हैं, पर यहाँ मामला थोड़ा अलग था। शहर में टेलीविज़न केबल चलाने वाले दो पक्षों के बीच चल रही आपसी रंजिश के कारण, कनेक्शन वायर्स को जगह-जगह से काट दिया गया था। जिसके चलते बहुत से लोग टेलीविज़न का लुत्फ़ उठा नहीं पा रहे थे।

अपनी खिड़की पर बैठा ये बच्चा, घर के आँगन के बाहर उस कुत्ते को ब्रेड का आनंद लेते हुए देखता है। पर ये कुत्ता-कुत्ता क्या लगा रखा है? आख़िर उसका भी कोई नाम होगा?

टाइगर! टाइगर!

मद्धम फुसफुसाती आवाज़ में वो बच्चा, उस कुत्ते को बुलाता है।

ओह हाँ! टाइगर नाम है इनका। वैसे टाइगर नाम इनकी पर्सनैलिटी को बड़ा सूट करता है। बदन की बनावट से, टाइगर की तरह तेज़ और फुर्तीला प्रतीत होना ही आधे से ज़्यादा गुणों को दर्शा देता है। वैसे सबसे प्यारा गुण इस प्रजाति का जो है, वो है वफ़ादारी का, जो इंसानों में बहुत मुश्किल से पाया जाता है।

लगता है शब्दों के पहिये फिर अलग दिशा में बह चले हैं। इनके कान पकड़ कर, मेरा मतलब है इनका हैंडल पकड़ कर वापस कहानी पर लाया जाए।

"टाइगर! टाइगर!" की आवाज़ के साथ बच्चा अपनी खिड़की से कूद कर, आँगन में दबे पाँव टाइगर की तरफ़ बढ़ता है। आँगन में अपने बछड़े के साथ सो रही गाय, जैसे ही अपनी पूँछ से थोड़ी हलचल करती है, बच्चा अपनी जगह पर डरा हुआ रुक जाता है। दायें-बायें देखता है, फिर गेट के पास जाकर वहाँ से टाइगर को आवाज़ लगाता है।

"टाइगर!

अबे! टाइगर के बच्चे!"

टाइगर के द्वारा कोई प्रतिक्रिया ना देने पर बच्चे का चंचल मन बाहर जाने को मचलता है। गेट को ताले से बंधा देख कर, बच्चा अपने घर के आँगन की तीन फुट ऊँची दीवार को फानने का विचार कर ही रहा होता है, कि तभी कहीं दूर से, ज़ोर से एक मर्दानी आवाज़ आती है।

"टाइगर"

टाइगर अपनी पूरी शक्ति के साथ ब्रेड के बचे टुकड़ो को वहीं छोड़, उस आवाज़ की तरफ़ भाग जाता है। लगता है ये आवाज़ उसके मालिक की थी। जिसके लिए टाइगर मंत्रमुग्ध होकर आवाज़ की तरफ़ बहता चला गया। उदास बच्चा वहीं खड़ा बड़बड़ाता है।

"रुक जा टाइगर के बच्चे, तुझे बाद में बताता हूँ।"

अचानक़ एक आवाज़ आती है।

"बिट्टू! बेटा सो जा, बहुत देर हो गई है।"

बिट्टू सरपट खिड़की से वापस कूद कर, खिड़की के पास लगे अपने बिस्तर पर चढ़ जाता है। और ख़ुद को चादर से ढक लेता है। बिट्टू का गहरी नींद में ख़ुद को दिखाने का ये अप्रतीम अभिनय, खर्राटो की नकली आवाज़ को जन्म दे रहा होता है। जिससे उसके पास में सो रहे उसके छोटे भाई किट्टू की नींद में ख़लल पैदा होती है।

किट्टू : सो जा ना! क्यों हाथी की तरह चिल्ला रहा है?

तभी चूड़ियों की ख़नक की आवाज़ के साथ, एक हाथ बिट्टू और किट्टू के कमरे में रखे एक लोहे के कूलर के बटन को चालू करता है। गर्मियों में कूलर की ठंडी हवा, नींद की नौटंकी करते बिट्टू को गहरी नींद के आग़ोश में यूँ धकेल देती है, जैसे वो कहावत है ना, "घोड़े बेच कर सोना!"

दूर नीले आसमान से आधी खाई रोटी के आकार का एक चमकता चित्र, जिसे बच्चे चंदा मामा कह कर बुलाते हैं। वो

अपनी चमक से बिट्टू के आँगन की खूबसूरती को एक अलग दृश्य प्रदान कर रहे थे। सीमेंट की शेड से बनी छत और एक बड़ा सा आँगन, जिसमें रात-रानी का पौधा दूर-दूर तक अपनी सुगंध फैलाए हुए था। आँगन में लगा एक बादाम का पेड़, जिसके कई बादाम ज़मीन पर टूट कर गिरे हुए थे। आँगन की दीवार के पास लगा एक अमरुद का पेड़, जो दीवार से हल्का बाहर की ओर झुका हुआ था, पर उसमे फल अभी आए नहीं थे। बिट्टू के घर के जैसे, ऐसे कई घरों के नज़ारों पर रौशनी डाले चंदा मामा, रात के पहिये के साथ तालमेल बैठा अपने सफ़र पर निकल जाते हैं।

अध्याय 2
बचकानी ज़िम्मेदारियाँ

फिर वो आग का गोला, जिन्हे हम सूर्य देव कहते हैं, अपना मद्धम लाल सा प्रकाश बिखेरते हुए, नीले आसमान में सफ़ेद बादलों के बीच से निकल रहे हैं।

जैसे-जैसे दिन बढ़ेगा, ये गुस्से से और लाल होते जाएंगे। वैसे इनके गुस्से की गर्मी होती तो बहुत तेज़ है। पर ये सभी प्राणियों के लिए प्रकाश और विटामिन डी का स्त्रोत भी है। ये हमारे जीवन में किसी वरदान से कम नहीं।

कभी-कभी मन करता है कि इनसे पूछूँ, इतना प्रकाश ये हम सभी को मुफ़्त में बाँट देते हैं। क्या ईंधन के दामों से इन्हे तकलीफ़ नहीं होती? फिर विचार आता है कि हम मनुष्य भी कितने मुर्ख हैं। अपनी बचकानी ज़िम्मेदारियों के सवाल हम भगवानों से पूछें कैसे? हम सब और हम सभी की ज़िम्मेदारियाँ, भगवान और उनकी ज़िम्मेदारियों के सामने बहुत छोटे हैं। पर यहाँ ईंधन का मुद्दा आया कैसे? विचारों के पहियों में मन के मुद्दे रह-रह कर उछाल मारते रहते हैं।

उछाल से याद आया! जो पहिये अभी सड़कों पर दौड़ रहे हैं, उस पर सवार व्यक्ति अख़बारों को उछाल-उछाल कर, यूँ सभी

के घरों में निशाना लगा कर अख़बार डाले जा रहा है। मानो उसे ओलंपिक में भेज दिया जाए, तो निशानेबाज़ी में देश को मैडल ज़रूर मिलेगा। ऐसे ही उछलता हुआ एक अख़बार बिट्टू के दरवाज़े पर चोट कर, उसके आँगन में गिर पड़ता है। अख़बार की दरवाज़े पर पड़ी चोट से जो आवाज़ हुई, लगता है वो आँगन में बैठी गाय को पसंद नहीं आई। अपने सफ़ेद रंग पर इतराती हुई गाय ने कुछ यूँ आवाज़ की-

"बॉअअअअअअआ"

ये सुनकर पास लेटा बछड़ा भी, हल्की किरकिरी आवाज़ में अपनी माँ के स्वर में स्वर मिलाता हुआ, अपने सर से उन्हें उठाने की कोशिश करता है। शायद नींद से उठते ही उस बछड़े को भूख लग आई हो। बेज़ुबाँ जानवर अक्सर अपने इशारों में बातें करते हैं, ये समय बछड़े के दूध पीने का है शायद।

अब जब दूध की बात निकली हो तो हम चाय को कैसे भूल सकते हैं। आख़िर ज़्यादातर लोगों की सुबह चाय से ही शुरू होती है। क्या कमाल की चीज़ है ये चाय! चुस्कीयों से चर्चाओं तक का सफ़र तय करा देती है।

बिट्टू के घर का दरवाज़ा खुलता है, और बिट्टू की माँ दरवाज़े के पास पड़े अख़बार को उठा लेती हैं। किचन से आती हुई चाय की ख़ुश्बू, खींचती हुई हमें किचन की ओर ले जाती है।

किचन में चाय के आख़री उबाल का इंतज़ार करती बिट्टू की माँ, हाथ में छन्नी लिए चाय परोसने को तैयार खड़ी हैं। गैस स्टोव के एक तरफ़ चाय चढ़ी है, तो दूसरी तरफ़ दूध। किचन

के प्लेटफ़ॉर्म पर रखे कप और गिलास बता रहे हैं कि इन कप में चाय परोसी जानी है, और गिलास में शायद दूध। चाय को कपों में परोस कर बिट्टू की माँ, किचन के रैक पर रखे बहुत से हॉर्लिक्स के डब्बों में से एक डब्बा उठाती हैं, और दो गिलासों में दूध के साथ हॉर्लिक्स मिला कर दूध का स्वाद बढ़ा देतीं हैं।

रैक पर रखे बहुत से हॉर्लिक्स के डब्बों में से एक में हॉर्लिक्स है, पर बाक़ियों में क्या है? ज़रा ग़ौर से देखते हैं।

ओह! एक में नमक, एक में शक्कर और कुछ में अचार भर कर रखे गए हैं। मिडिल क्लास फ़ैमिली वाले अक्सर किचन में डब्बों के री-यूज़ का अच्छा बंदोबस्त कर लेते हैं।

पर एक मिनट! एक गिलास में दूध, चाय और हॉर्लिक्स तीनों मिलाए जा रहे हैं। ये कैसी पसंद है? और किसकी?

बिट्टू की मम्मी ट्रे में सभी गिलास और कप को रख, किचन के बगल में बने हॉल में पहुँचती हैं, जहाँ परिवार के व्यस्क सुबह की चाय का इंतज़ार कर रहे हैं।

हॉल में लगी घड़ी में सुबह के आठ बज रहे हैं, और घड़ी में सेकंण्ड्स का कांटा पहियों की तरह घूमे ही जा रहा है। अब घर हो या बाहर, पहिये आपको हर जगह मिल ही जाते हैं। बस देखने के लिए नज़र चाहिए।

हॉल में डबल बेड पर बिट्टू के चाचा और मामा बैठे हैं, और बेड के पास कुर्सी पर बिट्टू के पिताजी अख़बार पढ़ रहे हैं। सुबह का अख़बार पढ़ना शायद घर के बड़ों की आदत में शामिल होता

है। अब परिवार की ज़िम्मेदारियाँ उठानी हैं, तो देश दुनिया की ख़बर तो रखनी ही पड़ती है। बिट्टू के परिवार में मामा, चाचा, पिताजी और माँ के अलावा, उस से दो साल बड़ी एक बहन पिंकी और एक साल छोटा भाई किट्टू भी है। बिट्टू की माँ, ट्रे बेड पर रख कर आवाज़ लगाती हैं-

माँ : बिट्टू, उठ जा जल्दी! पिंकी ने ब्रश कर लिया है, और किट्टू भी बाथरूम में है, तेरी ये हॉर्लिक्स वाली चाय कोई और ना पी जाए।

माँ की आवाज़ सुन बिट्टू, सारे आलस छोड़, लम्बी छलाँग मार बिस्तर से उठता है। पर पैर में चादर फस जाने से मुँह के बल बिस्तर से नीचे गिर जाता है। गिरने की आवाज़ सुन पिंकी भागते हुए वहाँ आती है, और उसे देख ठहाके मार कर हँसने लगती है। बिट्टू वैसे तो चोट लगने पर रोने ही वाला था, पर पिंकी की हँसी देख, वो अपने दर्द को अंदर ही अंदर दबा लेता है। और चेहरे पर दर्द भरी मुस्कान लिए लंगड़ा के चलने लगता है।

बिट्टू : नहीं लगी मुझे! बिल्कुल भी नहीं।

तभी बिट्टू की माँ वहाँ आ कर पिंकी से पूछती है-

माँ : क्या हुआ?

पिंकी : स्टाइल मार रहा था ये! गिर गया बिस्तर से।

माँ बिट्टू को गुस्से से देखती हैं।

माँ : आराम से चला कर ना, लगी तो नहीं?

माँ के पूछते ही बिट्टू बस रोने ही वाला था, कि फिर से पिंकी का ब्रश करता हुआ चेहरा पीछे से उसे चिढ़ाने लगता है। मुँह में टूथपेस्ट का सफ़ेद झाग लिए पिंकी, बिट्टू को दाँत दिखा कर ये एहसास दिला रही थी कि उसे बहुत मज़ा आया। ये देख बिट्टू वापस अपने आँसू अंदर ही दबा लेता है, और घर के भीतर वाले बाथरूम की तरफ़ बढ़ता है।

माँ : इसमें किट्टू गया है। तू बाहर वाले बाथरूम में चला जा, और जल्दी फ़्रेश होकर आ! सब लोग चाय पी रहे हैं।

बिट्टू : मुझे नहीं जाना उस खंडहर बाथरूम में, उसमें ऊपर छत नहीं है। बाजू वाले लोग अपनी छत से सब देखते हैं।

तभी पीछे से बिट्टू के चाचा की आवाज़ आती है-

चाचा : अब तुम कोई खज़ाना तो हगते नहीं हो कि कोई लूट लेगा। जाओ जल्दी बाथरूम!

बड़बड़ाता हुआ बिट्टू, अपने पेट में बन रहे प्रेशर को महसूस करता है। बाहर के बाथरूम की तरफ़ भाग ही रहा होता है, तभी उसे याद आता है कि उसकी हॉर्लिक्स वाली चाय अब भी वहीं रखी है।

बिट्टू : मेरी हॉर्लिक्स वाली चाय कोई पीना मत। मैं अभी आता हूँ।

पिंकी : छी! हम लोग तेरी तरह नहीं हैं, जो कुछ भी मिला के पी जाएँ। हमें हॉर्लिक्स, दूध के साथ ही पसंद है। तेरा क्या है! तू तो कभी चाय में केला डुबा के खा लेता है, या कभी चाय में जलजीरा डाल के पी जाता है।

बिट्टू, पिंकी को देखकर मुँह बनाता है, और वापस अपने पेट की गुड़-गुड़ को महसूस कर, आँगन की तरफ़ भागता है।

पिंकी : ज़्यादा ज़ोर से मत भाग! कहीं पैंट में ना हो जाए।

बिट्टू आँगन में, बादाम के पेड़ के बाजू में बने खंडहर बाथरूम में घुस के, टूटे दरवाज़े को लगा लेता है। उस बाथरूम में बनी एक पुरानी पानी की टंकी में से मग्गे में पानी लेता है, और शौच करने बैठ जाता है। शौच करते-करते बिट्टू तिरछी नज़रों से ऊपर देखता है, कि कहीं उसे कोई देख तो नहीं रहा। वैसे ये बाथरूम इमरजेंसी के लिए रखा गया है। बिट्टू के घर में एक और बाथरूम मौजूद है, जिसमें सभी सुविधाएं हैं। ये बाथरूम तो कई सालों से ऐसे ही छोड़ दिया गया है, कि कभी कपड़े वगैरह धोने हो तो इस्तेमाल में आ जाए। बादाम के पेड़ के बाजू में बने होने से, इस बाथरूम को ऊपर से थोड़ा ढकाव तो मिल ही जाता है। लेकिन अक्सर बिट्टू को ही इस बाथरूम का इस्तेमाल करना पड़ता है। क्योंकि उसका प्रेशर ज़्यादातर तभी आता है, जब अंदर के बाथरूम में कोई गया हो।

बिट्टू को शौच का प्रेशर बर्दाश्त नहीं होता। पूछिए कैसे? हम बताते हैं।

हुआ यूँ कि बिट्टू को बचपन से चाय पीने की आदत लग गई थी, क़रीब ढाई या तीन साल की उम्र से। अब इतने छोटे बच्चे को चाय पीने की आदत लगी, तो लगी कैसे?

घर में मेहमानों का आना-जाना तो लगा ही रहता था। अब मेहमान हमेशा चाय पूरी नहीं पीते, थोड़ी बहुत चाय कप में छोड़ ही देते थे, और कप को बिस्तर के आसपास कहीं भी रख देते थे। बिट्टू घुटने के बल चलते-चलते उन कपों को उठा कर, चाय पी जाता था। घर के बड़े सदस्य, मेहमानों को विदा करने में व्यस्त रहते थे। और बिट्टू यहाँ अपनी चाय की चुस्कीयों में मस्त रहता था। एक बार बिट्टू के पिताजी ने, पेंट ब्रश को साफ़ करने के लिए, उसे केरोसीन के तेल में धो कर, एक कप में बिस्तर के नीचे रख दिया था। और उसे वहाँ से हटाना भूल गए थे। पेंट ब्रश में कलर था भूरा, जिससे केरोसीन तेल का रंग एकदम चाय के रंग के जैसा हो गया था। बस फिर क्या था? बिट्टू बचा हुआ केरोसीन तेल चाय समझ के पी गया, और वहीं बेहोश हो गया। डॉक्टर ने जैसे-तैसे बिट्टू को बचा तो लिया, पर तब से बिट्टू को शौच का प्रेशर कंट्रोल करने में बड़ी दिक्कत होती है। ये तो थीं बीती कल की बातें। यादों के पहियों से वापस आते हैं वहीं, जहाँ बिट्टू अभी भी बाथरूम में बैठा है। तभी बिट्टू के घर के बाजू वाली आंटी अपनी छत से बिट्टू को देख कर हँसती हैं।

आंटी : अरे बिट्टू बेटा! क्या कर रहे हो?

पता नहीं आंटी अंधी थीं या मज़ाक़ करने के मूड में, पर बिट्टू ने भी अपनी शर्म और पिछवाड़े को एक साथ धोते हुए जवाब दिया।

बिट्टू : आंटी जी! मैं यहाँ बैठ के सोना गिरा रहा हूँ। आकर उठा लीजिए!

ये सुन, आंटी मुँह सड़ाए हुए, वापस अपने घर में चली जाती हैं। और बिट्टू अपनी पैंट पहन कर बाथरूम से बाहर निकल आता है। मोहल्ले में ऐसे छोटे-मोटे युद्ध तो रोज़ ही लड़े जाते हैं, जिन पर किसी की कोई प्रतिक्रिया नहीं होती। बाथरूम से बाहर निकलते ही बादाम के पेड़ पर बैठा तोता, बिट्टू के सर पर एक बादाम गिराता है।

"टक्क"

की आवाज़ के साथ, बिट्टू के सर पर लगी उस चोट ने, बिट्टू का पारा पूरा गरम कर दिया था। बिट्टू, तुरंत उस बादाम को उठा कर वापस उस तोते को दे मारता है। तोता वहाँ से उड़ जाता है। और बिट्टू सरपट हॉल में पहुँच, अपनी चाय वाली हॉर्लिक्स को सुकून से पीता है। तभी उसकी नज़र उसके मामा पर पड़ती है। बिट्टू खुन्नस भरी निगाहों से मामा को घूरता है। इस खुन्नस में कोई दुश्मनी नहीं थी। बस इसमें भी बीते हुए कल की एक याद छुपी हुई थी। बिट्टू को याद आता है कि पिताजी की साइकिल के पीछे, भारी-भरकम गेहूँ की बोरी को बाँध, बिट्टू ने दो किलोमीटर दूर जाकर जो आटा घर के लिए पिसवाया था। उसमें से दो रुपए बिट्टू ने घपला कर के कमाए थे। उन पैसों को बड़े शौक़ से बिट्टू ने दुकानदार के सामने रखते हुए, उससे मीठी सुपारी माँगी थी।

बिट्टू : अंकल! एक मीठी सुपारी देना।

बिट्टू को सुपारी का शौक़ बस ग़लत संगत से जागा ही था, कि जोश-जोश में वो उस दुकान पर पीछे खड़े अपने मामा

को देखना भूल गया। उसके मामा ने जैसे ही उसे मीठी सुपारी लेते देखा।

"चटाक"

ज़ोर की आवाज़ के साथ कानों को सुन्न कर देने वाला एक चाँटा, बिट्टू के गाल पर जा छपा।

मामा : अंडे में से फूटे नहीं और शौक देखो इनके! सुपारी खाएंगे। चल भाग यहाँ से, और आज के बाद सुपारी या ऐसा वैसा कुछ खाते दिखा, तो दाँत तोड़ दूँगा तेरे।

मामा ने दुकानदार से वो दो रुपए ले लिए, और बिट्टू को वहाँ से भगा दिया। बिट्टू गाल पर हाथ रखे, रोता हुआ वहाँ से, हवा की रफ़्तार से ग़ायब हो गया। बिट्टू को दुख इस बात का नहीं था कि मामा ने उसे ग़लत हरकत के लिए मारा, उसे तो खुन्नस इस बात की थी, कि वो दो रुपए अभी तक बिट्टू को वापस नहीं मिले।

बिट्टू फिर से यादों के पहियों से बाहर आता है, और मन ही मन बड़बड़ाता है।

"आज तो मुझे बहुत काम है! आपको बाद में देखता हूँ।"

सभी व्यस्क अपनी चर्चाओं में व्यस्त थे। तभी बिट्टू की माँ, बिट्टू को हाथ में पैसे और एक पर्ची पकड़ाती है।

माँ : ये ले! और मेडिकल से ये दवाई ले आ और ये सब्ज़ियाँ भी, जो इस लिस्ट में लिखीं हैं।

बिट्टू, जो अपने पुरे दिन का प्लान सेट करके बैठा था, घड़ी की तरफ़ देखता है। घड़ी में पौने नौ हो चुका है। नौ बजे से बिट्टू और उसकी टीम का क्रिकेट मैच, उसके मोहल्ले से थोड़ी दूर बसे मज़दूर मोहल्ले के बच्चों की टीम के साथ है।

बिट्टू अपनी आँखें यहाँ-वहाँ घुमाता है, और कोई नौटंकी दिमाग़ में सोच रहा होता है। जिससे उसे इन ज़िम्मेदारियों का बोझ ना उठाना पड़े, और वो समय से मैदान में पहुँच पाए।

तभी थोड़े दूर बैठी पिंकी, ताना कसते हुए कहती है-

पिंकी : नहीं जाएगा ये! इसको कहीं आवारागर्दी करने जाना होगा, दिन भर तो घूमता रहता है।

बिट्टू : तो तू जाकर कर दे ना! यहाँ बैठे-बैठे बस चपड़-चपड़ करती रहती है।

माँ : चले जा बेटा! देर हो रही है, मुझे खाना भी बनाना है।

बिट्टू खुन्नस से अपने मामा की तरफ़ इशारा करते हुए कहता है-

बिट्टू : इनको भेजो ना! ख़ाली ही बैठे हैं ना, क्यों बच्चे से बाल-मज़दूरी करवा रहे हो ?

तभी पिताजी की आवाज़ आती है, जो बिट्टू की नौटंकी को शांत कर देती है।

पिताजी : हम्म्म!

ये घर के बड़ों का एक ऐसा स्वर होता है, जो बच्चों की सारी आढ़ी-टेढ़ी नौटंकियों को ठीक कर देता है।

बिट्टू चुप-चाप, पैसे और पर्ची लेकर निकल ही रहा होता है, कि तभी पिताजी अख़बार रखते हुए एक और काम बिट्टू के कंधे पर डाल देते हैं।

पिताजी : गाय का भूसा भी ख़त्म हो गया है ना? देख के आओ!

ये सुनते ही बिट्टू को मैदान में देर से पहुँचने की आशंकाएं नज़र आने लगती है। और पिंकी मुस्कुराते हुए तेज़ रफ़्तार में दौड़ कर जाती है, और फटाक से वापस आती है।

पिंकी : हाँ पापा! एकदम थोड़ा सा बचा है, एक टाइम ही चल पाएगा। अभी तो चल जाएगा, पर शाम को बेचारी गाय को भूखा रहना पड़ेगा। बेचारी गाय!

बिट्टू ख़ुद को सारी ज़िम्मेदारियों के सामने सरेंडर कर देता है।

बिट्टू : लाओ! पापा की साइकिल की चाबी दो, पर इन सब काम के दो रुपए लगेंगे।

माँ : ठीक है जा! ले लेना।

पिंकी : फिर तो हम भी लेंगे, मुझे और किट्टू को भी पैसे मिलने चाहिए।

बिट्टू : इन लोगों को किस ख़ुशी में मिलेंगे? काम करूँ मैं, पैसे ले ये दोनों?

माँ : तू जा ना! बहुत देर हो गई है।

अपने साथ हुई इस नाइंसाफी से फ़्रस्टेट बिट्टू, फटाफट अपनी टी-शर्ट और हॉफ़ पैंट पहनता है। आख़िर टीम का कप्तान होने के नाते, उसे समय से मैदान पर पहुँचना बहुत ज़रूरी है। घड़ी की तरफ़ देखकर, बिट्टू सरपट दरवाज़े के पास जाकर अपने जूते पहनने लगता है, कि तभी गाय के सींग से लगी मार से असंतुलित होकर गिर पड़ता है। गुस्से में लाल बिट्टू गाय की तरफ़ पलटता है।

बिट्टू : हाँ! जा रहा हूँ तुम्हारा ही भूसा लेने, ज्यादा सींग मत मारो।

अपने पिछवाड़े पर लगे सींग के चोट को सहलाता हुआ बिट्टू, अपने पिताजी की पुरानी लम्बी साइकिल उठा कर गेट से जैसे ही बाहर निकलता है। सड़क पर नाली के ओवरफ्लो के कारण जमा हुए पानी से, उसके जूते गंदे हो जाते हैं। बिट्टू साइकिल और जूते के बीच तालमेल ना बैठा पाने के कारण, गुस्सा होकर कुछ प्रतिक्रिया देने ही वाला होता है। तभी एक जीप के स्टार्ट होने की आवाज़ आती है। बिट्टू सरपट अपनी साइकिल को स्टैंड पर लगाता है, और अपने हॉफ़ पैंट के नाड़े को कसकर बाँध लेता है।

अरे! ये किस प्रकार का ख़ौफ़ है?

बिट्टू के घर से कुछ क़दम दूर, एक बड़े से घर के सामने ओपन जीप स्टार्ट हुई है। ये मॉडिफ़ाइड जीप, अपने आप में बड़ी दिलचस्प लग रही है। जीप के ऊपर लगे डंडो में तीन प्रकार की बड़ी लाइट लगी हुई हैं। जीप के एक कोने में तलवार को, स्टैंड के साथ चिपकाया गया है। दूसरे कोने में हॉकी को, एक स्टैंड में फंसा कर रखा गया है। ताकि इन्हे जब चाहे निकाला जा सकें। वैसे इन्हें ऐसे ही, शौक़ के लिए जीप में सजा रखा है। ये भी एक अलग तरह का रुतबा है।

जीप की ड्राइविंग सीट पर बैठा एक नौजवान, काली लेदर की जैकेट, एवियेटर चश्मा, ब्राउन कलर के बूट्स के साथ हल्की दाढ़ी और थोड़े लम्बे बालों में, एक अलग ही खूबसूरती को बयाँ कर रहा था। जीप थोड़ी आगे बढ़ती है, तभी मोहल्ले का एक बच्चा पप्पू जीप के बाजू से गुज़र रहा होता है। जीप में सवार नौजवान धीरे से जीप को रोक, पप्पू के पीछे जाकर मोहल्ले के लोगों के सामने, उसकी हॉफ़ पैंट सरका देता है। पप्पू गुस्से में लाल, आसपास कुछ फेक के मारने का सामान खोज रहा होता है। तभी मोहल्ले के लोग, जो अपने घरों के बाहर खड़े, इस दृश्य को देख रहे थे, ठहाके मार के हँसने लगते हैं। ऐसी हसीं मज़ाक़ भरी छेड़खानियाँ तो अक्सर मोहल्लों में होती रहती हैं, जिसके कारण मोहल्लों में रौनक बनी रहती है। गुस्से में लाल पप्पू हाथ में पत्थर उठा लेता है।

पप्पू : मार दूँगा बबलू भैया! अगली बार मेरे साथ मज़ाक़ किया तो। सही में मार दूँगा।

ओह! तो इस नौजवान का नाम बबलू है। बबलू भैया, बिट्टू की तरफ़ आते हैं। बिट्टू के घर के सामने बहते नाली के गंदे पानी को देख, बबलू भैया थोड़ा दूर ही रुक जाते हैं।

बबलू : अरे बिट्टू! आज फिर इस नाली में कचरा कैसे जमा हो गया?

बिट्टू : पता नहीं भैया! कौन इस नाली में कचरा डाल कर चला जाता है। हमेशा ये जाम ही रहती है और इसका पानी ऐसे ही बहता रहता है।

बबलू : करवाते हैं साफ इसे भी, आज या कल में।

बिट्टू, पिताजी की बड़ी साइकिल पर पैर ना पहुँच पाने के कारण, उसे कैंची स्टाइल में चलाता हुआ वहाँ से निकल जाता है। कैंची स्टाइल, सीट पर ना बैठ कर, ऊपर वाले डंडे के नीचे के गैप से पैर डाल कर, पैडल मारने की देसी कला को कहते हैं। इसमें एक हाथ से हैंडल, और एक हाथ से ऊपर का डंडा पकड़ के, साइकिल में साइड से लटक कर बैलेंस बनाया जाता है।

बिट्टू की साइकिल समय के पहियों के साथ तालमेल बैठाने के लिए रफ़्तार पकड़ती ही है, कि थोड़ी दूर पर एक बड़े से घर की छत पर, अपने बाल सुखाती हुई एक लड़की, सुबह की धूप का आनंद लेती दिखाई देती है। बेहद खूबसूरत ये लड़की जब भी छत पर आती है, इसके बहुत से एक तरफ़ा आशिक़, इसके घर के सामने से चक्कर लगाना शुरू कर देते हैं।

बिट्टू वहाँ से गुज़र ही रहा होता है, कि तभी ऐसे ही एक आशिक़ की मोटर साइकिल, उस लड़की के घर के सामने से आकर बिट्टू की साइकिल से टकरा जाती है। स्टाइल मारता हुआ वो आशिक़, लड़की को इम्प्रेस करने के लिए बन-ठन के घर से निकला तो था। पर बिट्टू की साइकिल से भिड़ंत होते ही, बिट्टू और आशिक़ दोनों गिर जाते हैं। आशिक़ का सारा टशन, मोटर साइकिल के साथ ही ज़मीन पर ढेर हो जाता है।

तभी आवाज़ आती है।

"वीणा! वीणा!"

वो लड़की आवाज़ सुन, अपने घर के अंदर चली जाती है।

यहाँ अपने कपड़े झाड़ के उठता नौजवान आशिक़, बिट्टू को खुन्नस से देखता है।

बिट्टू : भैया! सपने छोड़ दो। आपके जैसे बहुत लोग हैं उनके पीछे।

आशिक़ : चल भाग यहाँ से।

बिट्टू उस आशिक़ को मुँह चिढ़ा, वहाँ से निकल कर सीधा मेडिकल स्टोर पहुँचता है। दवाई की पर्ची, अपनी हाइट से ऊँचे काउंटर पर रख कर आवाज़ लगाता है।

बिट्टू : अंकल! ये दवाई दे दो।

अंकल : ये तो सब्ज़ियों के नाम लिखें हैं।

बिट्टू : पीछे पलटो! पीछे लिखा है।

मेडिकल वाले अंकल पीछे पलटते हैं और यहाँ-वहाँ देखते हैं।

अंकल : किसके पीछे ?

बिट्टू : पर्ची के!

अंकल : अच्छा!

मेडिकल वाले अंकल, बिट्टू को दवाई देते हैं। और छुट्टे पैसों की जगह एक टॉफ़ी पकड़ा देते हैं।

बिट्टू : अरे अंकल! आज टॉफ़ी से काम नहीं चलेगा, आज मेरा पैसों का मैच है। तो छुट्टे पैसे दे दो।

मेडिकल वाले अंकल मुस्कुराते हुए, बिट्टू को पैसे के साथ टॉफ़ी भी मुफ़्त में दे देते हैं।

बिट्टू : इसके पैसे नहीं दूँगा मैं।

अंकल : जा! गिफ्ट है, मैच जीत के आना।

बिट्टू फटाफट साइकिल दौड़ाए सब्ज़ियां ख़रीदता है, और थैली को आगे हैंडल पर लटकाए, भूसे की दुकान पर पहुँचता है। पसीने से लतपत बिट्टू, भूसे की दुकान में घुसता है। जहाँ दुकानदार अंकल भूसे की ख़ाली बोरी को झटक रहे होते हैं। भूसे के बारीक़ टुकड़े बिट्टू के पसीने वाले बदन से आ चिपकते हैं। बिट्टू खुजली से परेशान चिड़चिड़ाता हुआ दुकानदार को ताने मारता है।

बिट्टू : अंकल! पूरा भूसा मेरे ऊपर ही डाल दो।

अंकल : तू लेकिन इतने पसीने में डूबा, आ कहाँ से रहा है?

बिट्टू : बस अंकल मत ही पूछो, जल्दी भूसा दे दो।

घड़ी की तरफ़ नज़र दौड़ाता बिट्टू, अपने मैच के लिए काफ़ी देर कर चुका है।

बिट्टू के मोहल्ले की शुरुआत में बनी एक पुलिया से जुड़ी लम्बी सड़क पर, जैसे ही बिट्टू साइकिल पर भूसा, सब्ज़ी और दवाई लेकर पहुँचता है। वहाँ बच्चों के झुंड से घिरा, सफ़ेद धोती-कुर्ता पहना एक वृद्ध बुज़ुर्ग, अपने चार पहिया ठेले पर रखे विभिन्न प्रकार के फलों को बच्चों में बाँट रहा था, और उनसे थैली में भरा कुछ सामान ले रहा था। बच्चों से सामान लेकर वो बुज़ुर्ग, उसे अपने ठेले के नीचे बंधे प्लास्टिक के तिरपाल में जमा किए जा रहा था।

तभी पास खड़ा एक बच्चा मुस्कुराते हुए, उस बुज़ुर्ग से निवेदन करता है-

बच्चा : दद्दू! आज कुछ नहीं ला पाया। पर एक केला दे दो ना।

ओह! तो बच्चे इन्हें दद्दू कहते हैं। दद्दू अपने मोटे चश्मे से ढकी आँखों से उस बच्चे को देखते हैं, और उसे एक केला दे देते हैं। सफ़ेद धोती-कुर्ते के साथ, नेहरू टोपी, काले रंग की चमड़े की कुछ हद तक घिसी हुई चप्पल पहनें, ये बुज़ुर्ग काफ़ी उदार हृदय के मालूम पड़ते हैं। मोटे चश्मे को काली डोरी से

कान के पीछे बाँध के रखा गया है, ताकि चश्मा कहीं गिर ना जाए। सफ़ेद दाढ़ी, सफ़ेद बाल और हल्के झुके कंधों के साथ, दद्दू अपनी लम्बाई पर इतराते हुए, अपने अनुभव की झुर्रियों को चेहरे की चमक बना कर, हर बच्चे से यूँ तालमेल बैठा रहे थे, मानो किसी क्रांति पर निकले हों। बिट्टू की साइकिल, दद्दू के ठेले के पास से घंटी मारती हुईं निकलती है।

बिट्टू : दद्दू! आज नहीं ला पाया, बहुत काम था, मैं बाद में मिलता हूँ।

दद्दू मुस्कुरा कर वहाँ से अपने ठेले के पहियों को धकेल कर आगे बढ़ते हैं।

बिट्टू अपने घर पहुँच कर सब सामान रखता है। घर में रखे म्युज़िकल डेक पर बिट्टू के चाचा तेज़ आवाज़ में गाने सुन रहे हैं। बिट्टू जैसे ही खेलने के लिए निकल रहा होता है, तभी बिट्टू की माँ किचन से आवाज़ देती हैं।

माँ : सुन बिट्टू! किट्टू को भी ले जा।

बिट्टू गानों की तेज़ आवाज़ का सहारा लेकर, माँ की बातों को अनसुना कर देता है।

बिट्टू : आवाज़ नहीं आ रही। मैं जा रहा हूँ।

तभी बिट्टू के चाचा म्युज़िक बंद कर देते हैं। बिट्टू खुन्नस से चाचा की तरफ़ देखता है।

बिट्टू : बंद क्यों कर दिया?

चाचा : जो गाना सुनना था वो कैसेट के साइड ए में था, अब कौन पुरे गाने सुनेगा। वैसे भी अपने म्यूज़िकल डेक में रिवाइंड का बटन ख़राब हो गया है।

बिट्टू के चाचा एक पेन लेते हैं, और कैसेट के बीच में बने पहिये के आकार में, पेन को फंसा कर, उसे रिवाइंड करने लगते हैं। तभी बिट्टू की माँ वहाँ पहुँचती हैं।

माँ : किट्टू को भी अपने साथ खेलने ले जा।

दूर खड़ा किट्टू, ये पुरे दृश्य को बिस्कुट खाते हुए देख रहा था। इस बात से अनजान कि उसे खेलने जाना भी है या नहीं, ये कोई उससे पूछेगा? देरी होने से गुस्साया बिट्टू, किट्टू का हाथ पकड़ मैदान की ओर बढ़ता है, और किट्टू के चाचा वापस अपना मन पसंद गाना बजा कर, अपना और घर वालों का मनोरंजन करते हैं।

अध्याय 3

रिज़ल्ट और गिफ़्ट

भागते हुए कुछ पैर मोहल्ले के पुल के पास आते हैं और बिट्टू की ज़ोर से चिल्लाने की आवाज़ आती है।

बिट्टू : टाइगर...

टाइगर भागता हुआ, अपने मालिक के घर से तेज़ी से निकल के पुल की तरफ आता है। और ज़ोर से भौंक कर, बिट्टू और उसकी क्रिकेट टीम के पीछे बेल्ट, बैट और स्टंप लेकर भागते मज़दूर मोहल्ले के बच्चों को, डरा के भगा देता है।

बिट्टू और उसकी आधी टीम के बच्चे, जो मोहल्ले के सुरक्षित घेरे में पहुँच चुके हैं, चैन की साँस लेते हैं। तभी उन्हें याद आता है कि किट्टू और बाक़ी लोग तो साथ आए ही नहीं। टाइगर टकटकी बाँधे बिट्टू को देख रहा होता है। बिट्टू अपनी जेब से जमा की हुई चिल्लर निकालता है।

बिट्टू : रुक जा टाइगर, टेंशन मत ले! तुझे मीठा ब्रेड खिलाएंगे। पैसों का मैच था, हम हार गए। लेकिन इस बार मैंने पैसे दिए ही नहीं, इसलिए वो लोग हमे मारने के लिए पीछे पड़े थे।

टाइगर आराम से बैठ जाता है, और पास ही सब टीम के लोग भी बैठ जाते हैं।

बिट्टू : पता नहीं किट्टू और बाक़ी लोग कहाँ रह गए? कहीं पकड़े गए होंगे, तो आज बहुत पिटेंगे और मेरे घर वाले फिर, मुझे मारेंगे!

तभी मोहल्ले के दूसरी ओर की गली से किट्टू और अन्य साथी भागते हुए आते हैं। बिट्टू हैरानी से उन्हें देखता है, जैसे ना जाने भूत देख लिया हो।

बिट्टू : तुम लोग इस गली से कैसे आए? तुम्हें गुरजीत भैया के कुत्ते ने काटा नहीं?

जिस गली से किट्टू और बाक़ी लोग आए थे, उसमें गुरजीत भैया के कुत्ते का आतंक रहता है। वो हर आने जाने वाले बच्चों को काटने पीछे दौड़ जाता है। कोई बच जाता है, तो कोई चौदह टीके लगवाता है, अब जिसकी जैसी क़िस्मत ।

किट्टू, पप्पू को पीछे घुमाकर, उसकी पीछे से फटी हॉफ़ पैंट सबको दिखाता है और सब हँसने लग जाते हैं।

पप्पू : हँस लो! हँस लो! अच्छा हुआ सिर्फ मेरी पैंट फटी, अगली बार मैच हार के, पैसे ना देके भागना हो, तो पहले से बता देना। मुझे ज़िन्दगी में इतने ख़तरे पसंद नहीं हैं।

बिट्टू : चलो! तो सबके पैसे बच गए हैं, तो क्यों ना टाइगर को मीठी ब्रेड खिलाते हैं और हम सब के लिए पेप्सी मंगवाते हैं।

ये पेप्सी, वो बड़े ब्रांड वाली पेप्सी नहीं थी। ये तो उनका लोकल ब्रांड कॉपी बनाकर, पॉलिथिन की छोटी थैली में नारंगी रंग और काले रंग में बर्फ़ सा जमा हुआ, शरबत का पानी था। जो अक्सर छोटे शहरों के मोहल्लों के बच्चे, गर्मियों मे मज़े लेकर पीते हैं। बिट्टू और उसकी टीम यहाँ पेप्सी के साथ, और टाइगर मीठी ब्रेड के साथ, मज़े कर रहे थे। वहीं मज़दूर मोहल्ले के बच्चे, अपने मोहल्ले के पास वाली हकले अंकल की दुकान पे जमावड़ा करके, बिट्टू और उसकी टीम से बदला लेने की प्लानिंग कर रहे थे।

हकले अंकल थोड़ा रुक-रुक के बोलते हैं, इसीलिए बच्चे अक्सर उनका मज़ाक़ बनाते थे। पर उनको अब बच्चों के चिढ़ाने से कोई ख़ासा फ़र्क़ नहीं पड़ता था, क्योंकि इसी बहाने उनसे कोई बात तो करता था।

हकले अंकल : (हकलाते हुए) तो लगता है, आज फिर तुम लोग हार गए।

टीम का लीडर मोटू, जो काफी पतला था, पर जब पैदा हुआ तो बहुत मोटा था, जिसके कारण उसका नाम मोटू पड़ गया, घूर के हकले अंकल को देखता है।

मोटू : अरे अंकल, हारे नहीं! वो बिट्टू मैच हार गया, और पैसे दिए बिना भाग गया। अगली बार दिखेगा तो बताएँगे उसे हम लोग।

पास खड़ा भूरा ज़ोर से हँसता है। अब आप ये सोच रहे होंगे कि कैसे-कैसे नाम है यहाँ? साहब! ये ज़िन्दगी के पहियों

मे फंस कर, हम ये भूल गए! कि बचपन मे जो काला होता था उसे कालू, जो भूरे बाल और भूरी आँखों के साथ थोड़ा भूरा दिखता था, उसे भूरा नाम दे दिया जाता था। अब बड़े होने पे पता चलता है कि रंगवाद तो हम सब में बचपन से रहता है। पर तब ये चीज़े हसीं मज़ाक़ तक सीमित रहती हैं। पर कब ये समाज में शोषण का रूप ले लेती हैं? पता ही नहीं चलता! हमें हमारी अच्छी सोच के पहियों से, ऐसे शोषण को कुचल के ख़त्म कर देना चाहिए। चलिए भूरा की हँसी हमारा इंतज़ार कर रही है।

मोटू : तू हँस मत! इस बार सच मे बिट्टू और उसकी टीम को सबक़ सिखाएंगे। पर पहले मीठी सुपारी खाते हैं, और पेप्सी पीते हैं।

भूरा : (गाँव की भाषा मे) मैं कारी वारी खाऊँगो।

मोटू : अंकल! सबको पेप्सी दे दो, और इस भूरा को वो काली वाली पेप्सी देना! हम सब पिएंगे, और ये पेप्सी खाएगा।

सब ज़ोर से ठहाके मार के हँसते हैं।

शाम हो चली है। बिट्टू अपने घर से निकल कर, अपने एक मित्र वीरेंद्र के पास जाता है। वीरेंद्र वैसे तो बिट्टू की उम्र से एक साल छोटा है, पर इस उम्र में ही उसने पैसे कमाने के छोटे-मोटे तरीके निकाल रखे हैं। जैसे- अपनी साइकिल किराए पे देना, जब उसके पापा घर पे ना हो तो अपने ही दोस्तों को विडियो गेम खिलाना और उनसे थोड़े बहुत पैसे कमाना। आदि...

बिट्टू के पिताजी अपनी साइकिल लेके नौकरी पर गए हैं, और बिट्टू को कल सुबह अपने रिज़ल्ट की चिंता सताए हुए है। इसीलिए वो साइकिल किराए से लेकर, अपने स्कूल के मित्र आलोक से मिलना चाहता है। रिज़ल्ट के दिन क्या होगा? ये चिंता तो हर इंसान अपने क़रीबी मित्रों से ही खुल के बता पाता है। बिट्टू, वीरेंद्र से मिलकर, उसकी साइकिल लेता है।

वीरेंद्र : पापा के आने मे एक घंटा है, उससे पहले आ जाना! और किराए के दो रुपए लगेंगे।

बिट्टू : तू तो मेरा दोस्त है ना! एक रुपया ले लेना भाई।

वीरेंद्र : दोस्त हो तो घर आओ, चाय-नाश्ता करके जाओ, धंधे में कोई दोस्ती नहीं।

बिट्टू : बहुत डायलॉग मारने लगा है। चल निकलता हूँ, देर हो रही है।

बिट्टू सरपट साइकिल पे पैडल मारता है। पर वहाँ से निकल के थोड़ी ही दूर जाके ब्रेक मारता है। अपने दायें और बायें, दोनों तरफ़ के रास्तों को देखता है और फिर पीछे देखता है। फिर बिट्टू, थोड़ी देर के लिए कुछ सोच में पड़ जाता है।

काले घने बादलों ने आसमान को ढक लिया है। खिड़की से बाहर की ओर का नज़ारा देखता हुआ एक आदमी, उस बंद कमरे में अपनी प्रेमिका के गोद में सर रखे हुए, उसे निहार रहा है। प्रेमिका के बालों के आगे की तरफ होने से, किसी का चेहरा साफ़ दिखाई नहीं पड़ रहा। बालों को हटाने के लिए जैसे ही वो

आदमी, उस लड़की की तरफ हाथ बढ़ाता है। ज़मीन ग़ायब हो जाती है, और वो आदमी नीचे गिरने लगता है। अपने प्यार से दूर, नीचे गिरते हुए बहुत कोशिश करता है, अपने हाथों से उड़ने की। खूब तड़पता है, और फिर कौवा बन कर जब ऊपर आता है, तो देखता है कि उसकी प्रेमिका वहाँ नहीं है। सब धुँधला होने लगता है। फिर किसी चीज़ के गिरने की आवाज़ के साथ, नींद टूट जाती है। अरे! ये तो वही अतरंगी इंसान है। वो बाहर की तरफ दौड़ लगाता है, तो देखता है कि बिट्टू उसकी साइकिल को उठा कर खड़ा कर रहा है।

अतरंगी : तुमको मना किया है ना कितनी बार, कि यहाँ नहीं आना।

बिट्टू : वो! मैं तुम्हारी साइकिल देखने आया था। मैं जब भी यहाँ आता हूँ, तुम हमेशा ही मुझे भगा देते हो।

अतरंगी इंसान बिना कुछ कहे, घर के अंदर चला जाता है। बिट्टू भी उसके पीछे-पीछे घर के अंदर आता है। अतरंगी इंसान, बिट्टू के मोहल्ले से काफ़ी दूर, एक एकांत सी जगह पर, एक बड़े से घर मे रहता है। जहाँ बाहर एक बड़ा सा आँगन है। जिसमें उसकी साइकिल खड़ी रहती है, एक सीमेंट के छत के नीचे। और अंदर से घर एकदम अंधेरों में डूबा हुआ है, बिखरा पड़ा सा! बस तरीके से रखी कोई चीज़ है, तो वो है उसकी प्रेमिका की तस्वीर, और उसके अतरंगी कपड़े, जो वो पहन के रोज़ सैर पर निकलता है।

बिट्टू : (यहाँ-वहाँ देखते हुए) तुमको यहाँ अँधेरे में रहने में अकेले डर नहीं लगता?

अतरंगी : (उसकी तरफ ध्यान ना देते हुए) क्या काम है तुम्हें?

बिट्टू : मेहमान काम से थोड़ी आते हैं, मैं तुम्हारे यहाँ मेहमान हूँ।

अतरंगी : बिन बुलाए मेहमान!

बिट्टू : हाँ! तो क्या हुआ? मुझे चाय-बिस्कुट खिलाओ, मुझसे बातें करो! तुम्हारे मम्मी-डैडी ने नहीं सिखाया तुमको? मुझे तो कोई भी मेहमान आए, मम्मी तुरंत अपने बैग से दस रुपये देके दुकान भेज देती हैं नमकीन-बिस्कुट लाने। मैंने भी दुकान वाले से सेटिंग कर रखी है, उसमें से थोड़े पैसे बचा लेता हूँ ताकि साइकिल किराए पर लेके, चला सकूँ। अब मुझे बेईमान मत समझना, आजकल मेहँगाई कितनी बढ़ गई है। कहीं ना कहीं से कमाई तो होनी चाहिए ना! अब मेहमान आते हैं तो पैसे देते हैं। पर सब मेहमान नहीं देके जाते ना! तो मैं भी तुमको पैसे देके नहीं जाऊँगा, क्योंकि मैं अभी छोटा हूँ ना! तो बस तुम मुझे चाय-बिस्कुट खिलाओ। और देखो! मना मत करना। तुमको पता है? कल रिज़ल्ट है मेरा, और मुझे अपने दोस्त से मिलने जाना था, पर मैं यहाँ आ गया।

अतरंगी : बस कर मेरे बाप! देता हूँ चाय-बिस्कुट।

अतरंगी इंसान, अपने घर के पीछे की तरफ़ जाता है। जहाँ थोड़ी आगे, एक झुग्गी में उसका नौकर रहता हुए। जो उसके लिए खाने-वगैरह की चीजों का इंतज़ाम करता है। अतरंगी उसे चाय-बिस्कुट के लिए बोल कर वापस आता है। बिट्टू ठाट से कुर्सी पे

बैठा, आसपास का सामान देख रहा है। घर में बहुत सा पुराना सामान रखा है, कुछ पुराने म्युज़िक इंस्ट्रूमेंट जैसे- ग्रामोफ़ोन, पियानो, तबला आदि। आसपास और भी फैला सामान है। घर मे पेंटिंग्स बहुत सी लगी हुई हैं, पर सजावट की चीज़ो में रौनक नहीं है।

ऐसा लगता है! अतरंगी इंसान की ज़िन्दगी में बस दिखावे के रंग हैं, जिन्हें रात की साइकिल सैर के वक़्त वो, उन रंगीन कपड़ों के ज़रिए महसूस करता है। अभी के समय देखा जाए, तो बड़े साधारण से कपड़े पहने अतरंगी इंसान, एक आम ख़ूबसूरत युवक लग रहा है जिसकी उम्र क़रीब बत्तीस साल होगी।

बिट्टू : वैसे तुम्हारा नाम क्या है?

अतरंगी : देव प्रसाद!

बिट्टू : शार्ट में देव ही अच्छा रहेगा। तो देव! तुम मुझे ये बताओ, कि मैं कल अच्छे नंबर से पास हो जाऊँगा ना? क्योंकि तभी मुझे घर से कोई गिफ़्ट मिलेगा। मैं साइकिल लेने का बोलूँगा पापा को। तुम मेरी साइकिल को, अपनी साइकिल जैसे बनवा दोगे क्या? मुझे ये बहुत अच्छी लगती है।

तभी नौकर, चाय और बिस्कुट लेके आता है। और एक चमकदार मुस्कान के साथ, बिट्टू के सामने रख देता है। ऐसी मुस्कान, मानो! उसने रेगिस्तान मे पानी देख लिया हो। यहाँ बिट्टू मस्त चाय-बिस्कुट खाता हुआ, घड़ी की तरफ देखता है। फिर जल्दी-जल्दी बिस्कुट खाके, वहाँ से जाने लगता है।

नौकर : अरे! इतनी जल्दी जा रहे हैं। रुकिए, मैं पकौड़े बना देता हूँ।

बिट्टू : आज नहीं! मैं एक साइकिल किराए से लाया हूँ। वीरेंद्र के पापा उसे बहुत मारेंगे, अगर साइकिल टाइम से नहीं पहुँची तो! मैं बहुत लेट हो गया हूँ, बाय देव! बाय आपको भी! फिर आता हूँ।

बोलते हुए बिट्टू सरपट निकल जाता है। देव अपने कमरे में चला जाता है, और नौकर दोनों को देखकर मुस्कुराता है।

देव अपने कमरे के एक कोने में पड़े, एक स्वेटर को उठाता है, जो आधा बुना हुआ है, और आधा बुन्ना बाक़ी है। देव उसकी बुनाई शुरू करता है। देव के घर पे रखे सामान को देखकर, यही प्रतीत होता है कि देव अपनी ज़िन्दगी में काफ़ी अकेला है, और कुछ ना कुछ नया करता या सीखता रहता है। ताकि उसका दिन कट जाए, और रात मे सैर के बाद वो चैन की नींद सो पाए।

वहाँ बिट्टू, वीरेंद्र के घर साइकिल खड़ी करके ऊपर जाता है, तो अंदर से वीरेंद्र की आवाज़ आती है।

वीरेंद्र : नहीं पापा! वो.. साइकिल मैंने पंक्चर बनवाने को डाली है, किराए से नहीं दी। मारो मत, आ...आ...

(और रोनें की आवाज़ आती है)

वीरेंद्र के पिता : तंग आ गया हूँ मैं तुम लोगों से। मुझे पता है! तूने किराए से ही दी होगी साइकिल। कितनी बार मना

किया है, फ़ालतू के काम मत किया करो। पर मेरी कोई सुनता ही नहीं...

बिट्टू आवाज़ सुनकर, साइकिल की चाबी दरवाज़े पर छोड़, वहाँ से भाग जाता है।

रात हो चुकी है। चाँद, बादलों के बीच से खूबसूरत धरती को निहार रहा है। बिट्टू के मोहल्ले मे रात मे थोड़ी चहल-पहल है। आख़िर गर्मियों का मौसम है ना! जल्दी कोई नहीं सोता।

क़रीब आठ बजे का वक़्त है। बिट्टू और घर वाले, उसके पापा के आने के इंतज़ार में हैं। तभी बाहर से पहियों की आवाज़ आती है। लगता है बिट्टू के पिताजी घर आ गए हैं। घर आते ही बिट्टू के पिताजी हाथ मुँह धोते हैं, और कपड़े बदल कर, सब के साथ भोजन करने बैठते हैं। बिट्टू के अंदर रिज़ल्ट के डर से ज़्यादा, अब रिज़ल्ट के दिन मिलने वाले गिफ़्ट की आस है। आख़िर उसे अपनी साइकिल की सेटिंग जो बैठानी है। उसके लिए ये डील किसी बड़े बिज़नेस डील से कम नहीं है। कहीं पिंकी ने बाज़ी मार ली तो? पूरा परिवार साथ बैठा हुआ है, बिट्टू की मम्मी खाना परोसती है। अक्सर साथ बैठ कर खाने का मज़ा, पूरे परिवार को रात को ही मिल पाता है। दिन की भाग-दौड़ सबको अलग-अलग खाने के लिए मजबूर कर देती है। खाने के बीच बिट्टू, मौक़ा देखते ही अपना प्रेजेंटेशन शुरू करता है। आख़िर फ़ाइनल डील क्लाइंट्स के सामने तो रखनी ही पड़ेगी, वरना कब तक मन मे ख़्याली पुलाव पकता रहेगा।

बिट्टू : अब कल रिज़ल्ट आ जायेगा! तो हम लोगों को क्या गिफ़्ट मिलेगा?

पास बैठे मामा, बिट्टू की खिंचाई करते हुए।

मामा : अब वो तो डिपेंड करता है कि रिज़ल्ट कैसा रहता है।

किट्टू : मुझे तो बस केक चाहिए, वो भी चेरी वाला।

पिंकी : और मुझे वीडियो गेम।

मम्मी : (तीनो को खुन्नस से देखते हुए) हाँ! पैसे तो हमारे आँगन के पेड़ मे लगे हैं ना, जाओ! तोड़ के ले आओ।

किट्टू उठ के जाने लगता है। चाचा उसे पकड़ के बिठाते हैं।

किट्टू : अरे! मुझे किसी ने बताया नहीं था कि अपने आँगन मे पैसे का पेड़ है। वरना मैं इतना पढ़ता नहीं, एक केक के लिए इतनी पढ़ाई, मुझसे नहीं होती!

चाचा : तू खाना खा अच्छे से।

बिट्टू : पर इस बार तो हम लोग गाँव गए नहीं? ना दादा-दादी के पास और ना नाना-नानी के पास। तो पैसे तो बचे होंगे ना?

मम्मी : हाँ! तू बड़ा फ़ाइनेंस मिनिस्टर बन रहा है।

बिट्टू : (थोड़ा डरते हुए) मैं तो बस कह रहा था।

पापा : बजट बहुत ज़्यादा नहीं है... पर अगर नंबर अच्छे आए, तो देखते हैं। साइकिल और वीडियो गेम नया तो नहीं, शायद सेकंड हैंड ही ले पाएँगे।

ये सुन कर बिट्टू और पिंकी को अपने सारे सपनों के रंग, हवा में उड़ते हुए महसूस होते हैं। और ब्लैक एंड वाइट फ़िल्मों के सैड सांग्स, मन में बजना शुरू हो जाते हैं। तभी अचानक मन का काल्पनिक म्युज़िक, ग्रामोफ़ोन के मधुर संगीत मे बदलता है। आख़िर बदलना ही पड़ेगा म्युज़िक को, क्योंकि जब क्लाइंट बजट नहीं है बोल दे! और आपके पास रास्ते ना हो! तो क्लाइंट के बजट में भी काम करना पड़ता है। बिट्टू और पिंकी के मन में, ग्रामोफ़ोन का, पहिये जैसा धीमें-धीमें घूमता कैसेट, किट्टू की आवाज़ के साथ बंद होता है।

किट्टू : पर केक सेकंड हैंड तो मिलता नहीं है। तो मेरा क्या होगा?

चाचा : (हँसते हुए) तुझे केक मैं दिला दूंगा।

बिट्टू और पिंकी एक दूसरे की तरफ़ देखते हैं, मानो एक दूसरे का मन पढ़ना चाह रहे हों। फिर सोच-विचार कर बोलते हैं-

बिट्टू : मैं सेकंड हैंड साइकिल से काम चला लूँगा।

पिंकी : मैं कैरम बोर्ड लूँगी फिर, वो सस्ता आता है। पर सेकंड हैंड कुछ नहीं लूँगी। बाक़ी लोगों की तरह नहीं हूँ मैं! कि कुछ भी उठा लूँ, नया तो नया होता है भई!

मम्मी और पापा दोनों, बच्चों की बातों में हामी भरते हैं। और वापस हम उस चाँद की तरफ चलते हैं। जो आज पहिये की तरह गोल तो नहीं है, पर ना जाने पूरी दुनिया में ऐसे कितने ही घरेलु क़िस्सों को देखकर हँस रहा होगा। ब्रह्माण्ड मे इतनी

दूर बैठे उस चाँद पे, हमने कितने गाने बना कर मनोरंजन किया है, थोड़ा हक़ तो उस चाँद का भी है, हमारी बचकानी दुनिया से मनोरंजन लेने का।

प्रकृति का पहिया घूमता है, और अब वो रिज़ल्ट का दिन आ चुका है। बिट्टू की मम्मी, सुबह रिज़ल्ट लेके घर पहुँचती हैं। घर के सभी लोग मिठाई खाकर, बिट्टू और पिंकी को अच्छे अंकों से पास होने की बधाइयाँ देते हैं। और किट्टू, चाचा के साथ केक के मज़े ले रहा है। किट्टू बस पास हुआ है, वो भी बाउंड्री लाइन के नज़दीक। एक ऐसे टीचर की दया से, जिसके अंदर के इंसान ने यूँ तो उसकी कॉपी में लिखें जवाबों को चेक करते वक़्त, किट्टू को ख़ूब मन ही मन कोसा। और रिज़ल्ट लेने गईं किट्टू की मम्मी से, उसकी ख़ूब बुराई भी की, पर फेल ना किया। उसने भी सोचा होगा, आख़िर इतने छोटे बच्चे को, इतनी छोटी क्लास में, क्या ही फेल करूँ? पर किट्टू को इस बात से कोई फ़र्क़ नहीं पड़ता कि उसके नंबर कितने आए। वो तो बस केक मिल गया, उसी में ख़ुश है। तभी पिंकी, किट्टू से केक में हिस्सा माँगने पहुँचती है।

पिंकी : किट्टू! मेरे भाई! मुझे केक नहीं खिलाएगा?

किट्टू : एक शर्त पे।

पिंकी : कौन सी शर्त?

किट्टू : कैरम बोर्ड मैं भी खेलूँगा।

पिंकी : हाँ! तो मैं अकेले थोड़े ही कैरम बोर्ड खेलूँगी, वो अकेले थोड़े ही खेला जाता है। उसमे दो या चार लोग लगते हैं।

ये सुनते ही किट्टू अपने केक में से पिंकी को खिलाता है, और पास खड़ा बिट्टू, उनकी तरफ़ देख शैतानी मुस्कान के साथ बोलता है-

बिट्टू : पर मैं अपनी साइकिल किसी को चलाने नहीं दूँगा।

किट्टू और पिंकी एक दूसरे को देखते हैं। और बिट्टू की तरफ़ देख एक स्वर मे कहते हैं-

"चल भाग यहाँ से!"

दूसरी तरफ़ मोहल्ले के पुल के पास से बिट्टू के पिताजी, एक सेकंड हैंड साइकिल और उसके पीछे कैरिएर पे कैरम बोर्ड रख कर, साइकिल को हाथ से धकेलते हुए चले आ रहे थे। उनकी नज़र पास के एक मकान पे पड़ती है, जहाँ से चीख़ने की आवाज़ें आ रही हैं। ये मकान चुन्नू और मुन्नू का है, जो बिट्टू के मोहल्ले के दोस्त हैं। लगता है चुन्नू-मुन्नू को डांट पड़ रही है। कारण क्या हो सकता है? वही! रिज़ल्ट ख़राब आना। चुन्नू-मुन्नू भी बिट्टू के स्कूल में पढ़ते हैं। अब हर माँ-बाप ये नहीं समझते, कि हर बच्चा पढ़ने में तेज़ नहीं हो सकता। हो सकता है उनमें कोई और हुनर हो। चुन्नू-मुन्नू में तेज़ भागने का हुनर था। तो उसी हुनर का इस्तेमाल करते हुए चुन्नू-मुन्नू, तेज़ी से अपने घर से निकल कर, पुलिया की तरफ़ से सरपट, हवा की तेज़ी से दौड़ते हुए, भाग जाते हैं। और उनके पिताजी बाहर गेट पर आकर, चिल्लाते हैं।

"कहाँ जाओगे भाग के? आना तो घर ही है।"

बात सही भी है उनकी, कि भाग के बच्चे कहाँ जाएँगे? पर डांटने से रिज़ल्ट तो नहीं बदलेगा। ये बात बड़ो को भी समझनी चाहिए। पर ग़लती उनके पिताजी की भी नहीं, उनके माथे की चिंता बता रही है कि वो बहुत परेशान हैं। बच्चों के भविष्य की चिंता, हर माँ-बाप को सताती है। आख़िर बच्चे उनके दुश्मन नहीं हैं। ग़लती देखी जाए तो सिस्टम की है, जहाँ सबको पढ़-लिख के अच्छी नौकरी और अच्छा पैसा चाहिए। हुनर से पैसा कमाया जा सकता है, पर उसमे वो विश्वास नहीं रहता ना! जीतने-हारने का डर बना रहता है। और हर इंसान चाहता है, कि सब जैसा वो चाहता है, वैसा ही रहे। ज़िन्दगी हमेशा सुकून भरी रहे, और उसके लिए वो बचपन से ही अपने कंधे पे बोझ और माथे पे चिंता लिए जीना शुरू कर देता है। अब क्या बोलें? ये तो ज़िन्दगी के पहिये हैं। सबका अपना-अपना सफ़र है।

चलते हैं बिट्टू की साइकिल के पहियों के सफ़र पर, बिट्टू के पिताजी घर पहुँच के पिंकी को कैरम बोर्ड देते हैं। और बिट्टू अपनी साइकिल देखता है। वैसे तो बिट्टू अपने गिफ़्ट को देख ज़्यादा ख़ुश नज़र नहीं आ रहा। क्योंकि पुरानी साइकिल का हुलिया वैसा नहीं है जैसा उसने सोचा था, पर अब! गिफ़्ट तो गिफ़्ट होता है। बिट्टू अपनी साइकिल को छूता है, और उसे प्यार से पकड़ के, महसूस करता है कि अब वो साइकिल उसकी है। उसकी ज़िन्दगी का एक हिस्सा है।

बिट्टू : (साइकिल को नाम देता है) टेंशन ना ले शेरा! मैं तेरा हुलिया बदल दूँगा।

साइकिल को अच्छे से ऊपर से नीचे तक देखने के बाद, बिट्टू को समझ आता है कि उसकी साइकिल में उसे कुछ पार्ट्स बदलने होंगे, जैसे- सीट, कैरिएर, साइड स्टैंड, ब्रेक की गिट्टी। साथ ही हैंडल के ऊपर पकड़ने वाला, बैल के सींग जैसा हैंडल भी लगवाना है। जिससे उसकी साइकिल की रौनक बढ़े। और साथ ही साइकिल मे कलर भी करवाना है। इसी के साथ बिट्टू अपने दिमाग़ के पहिये दौड़ाता है, और आईडियाज़ निकालना शुरू करता है, कि क्या-क्या वो कर सकता है?

अध्याय 4

अफ़वाहें

अफ़वाहें आग की तरह फैलती हैं, बात ग़लत हो या सही! इससे कोई फ़र्क़ नहीं पड़ता। कोई जाँच-पड़ताल की ज़रूरत भी नहीं होती। आख़िर अफ़वाहें हैं, इनकी रफ़्तार पहियों से बहुत तेज़ होती है। बिना ब्रेक के एक गली से दूसरे मोहल्ले तक, नुक्कड़ से लेकर चाय की दुकानों तक, गलियों में बैठी गप्पे मारतीं महिलाओं से और ना जाने किन-किन माध्यम से होते हुए, बस फैलती जाती हैं। अफ़वाह कितनी फैलेगी ये तय करता है कि मुद्दा कितना बड़ा है। यह जिस अफ़वाह की बात हम कर रहे हैं, ये देश दुनिया का तो नहीं पता, क्योंकि इसकी कोई भी ख़बर अख़बारों मे तो आई नहीं थी। पर बिट्टू के शहर के कोने-कोने में आग की तरह फैल गई थी। डर का माहौल बना हुआ था, पढ़े लिखें लोग इन अफ़वाहों पे विश्वास नहीं कर रहे थे। पर फिर भी पूरे शहर में बहुत से लोगों ने ये बात को सच मान कर, घर से बिना काम के निकलना कम कर दिया था। चलिए तो जानते हैं अफ़वाह क्या है?

दद्दू अपनी सफ़ेद पोशाक़ में ठेले को धकेलते हुए, कम भीड़ वाली सड़कों से होते हुए, बिट्टू के मोहल्ले की पुलिया की तरफ़ पहुँचते हैं, तभी आवाज़ आती है।

बिट्टू : दद्दू रुको! मैं बस दो मिनट में आया।

ये कहता हुआ बाहर खड़ा बिट्टू, घर के अंदर जाता है। दद्दू के आने का वक़्त लगभग हर बच्चे को पता होता है, कि दद्दू किस वक़्त के आसपास, कौन सी गली से गुज़रेंगे। आख़िर बहुत सालों से बच्चों से कचरा ले, उन्हें विभिन्न प्रकार के फल देना, ये दद्दू का पेशा रहा है। और बच्चे फलों की लालच में अपने घर या आसपास से कचरा जमा करके दद्दू को देते आए हैं। कचरा जैसे- दूध की थैलियाँ, प्लास्टिक का कचरा, जिसे लोग यहाँ-वहाँ फेंक देते हैं। जिनसे शहर की नालियाँ जाम हो जाती हैं। और सड़क पे पड़ी लोहे की कीलें या सामान, जिससे किसी को हानि पहुँच सकें या ऐसे सब कचरे जिससे सड़क चलते लोगों को तकलीफ़ होती हो। अब दद्दू ऐसा आख़िर करते क्यों थे? और उन्हें इस बुढ़ापे में, गली-गली घूम के, मेहनत करके, कचरे के बदले फल देने से क्या फ़ायदा होता था? कोई समझदार व्यक्ति तो फल, पैसे के बदले ही देगा। कचरा कहाँ क़ीमती होता है? ख़ैर! ये हम दद्दू की ज़िन्दगी के पहियों के सफ़र में आगे जानेंगे। अभी तो बस ये जानते हैं कि अफ़वाह क्या है? बिट्टू भागता हुआ, कचरे की थैली लाकर, दद्दू को देता है। बदले में दद्दू उसे एक अमरुद और दो केले देते हैं। बिट्टू केला और अमरुद खाना शुरू करता है।

दद्दू : क्यों रे बिट्टू? आज अकेला आया है। कोई और बच्चा नज़र नहीं आ रहा। अभी रास्ते से आया, तो भी हर जगह बहुत कम बच्चे नज़र आए। देख! आज तो फल ख़त्म ही ना होंगे लगता है।

शाम का वक़्त था और ये दद्दू के अपने घर की तरफ़ लौटने का समय रहता है। दद्दू शहर की आबादी वाली गलियों में सुबह से एक चक्कर मार कर, दोपहर के मध्य तक वापस लौट जाते थे, ताकि रात तक अपने घर पहुँच सकें।

बिट्टू : अरे दद्दू! आपको नहीं पता क्या? एक चूहे ने, दुनिया में पहली बार, बिल्ली को मारकर खा लिया है। इसलिए एक चुड़ैल जाग गई है, और वो पूरे शहर में घूम रही है। जिसने भी अपने घर के सामने पीला झंडा और हल्दी के पाँच पंजे नहीं छापे ना! वो उसको मार डालेगी।

दद्दू ठहाके मार के हँसते हैं। हँसी तो आपको भी शायद आ रही होगी। क्योंकि इतनी बचकानी अफ़वाह ने शहर में हंगामा मचा रखा था।

दद्दू : तभी! मैं जहाँ से भी आ रहा था, वहाँ बहुत से घरों में हल्दी के पीले हाथ, बाहर दीवारों पे छपे थे और पीला झंडा लटका हुआ था। मुझे लगा कहीं कोई त्योहार तो नहीं? जो इस बुढ़ापे में मैं ही भूल गया हूँ।

बिट्टू : आप कहाँ कुछ भूलते हो दद्दू! किसको, कितनें फल देने हैं? ये बराबर याद रहता है आपको। एक केला और दो ना!

दद्दू : (मुस्कुराते हुए) ये ले! उस चुड़ैल के नाम पे आज तेरे लिए दो केले और। वैसे भी, लगता नहीं मुझे कि आज ये फल ख़त्म होंगे। वैसे मुझे ये बता कि तुझे डर नहीं लगता?

बिट्टू : किससे? उस चुड़ैल से? उसको तो मैं बताता हूँ। ढूँढ़ के मार डालूँगा उसे, फिर सब अपने-अपने घरों से बिना डरे बाहर निकलेंगे और वापस अच्छे से घूम पाएँगे हम सब बच्चे। अभी दो दिन से तो कोई निकला नहीं, मैं साइकिल भी बनवा नहीं पा रहा। मैकेनिक अंकल की दुकान बंद है। दद्दू! एक बात बताओ? ये चुड़ैल मिलेगी कहाँ?

दद्दू फिर ठहाके मारके हँसते हैं, और बिट्टू का गाल खींच के उसकी फिरकी लेते हैं।

दद्दू : मिलेगी तो देखना! पेंट में सूसु मत कर देना। चल! अब मैं जाता हूँ।

दद्दू अपना ठेला धकेलते हुए, अपने चार पहिया वाहन के सफ़र पे आगे बढ़ते हैं। और बिट्टू अपने घर वापस आ जाता है।

काले घने बादल छाए हुए हैं। चारों तरफ़ सन्नाटा ही सन्नाटा है। बस कौवों का एक झुंड, थोड़ी ऊँचाई पे उड़ रहा है।

तभी अचानक ढोल बजने की आवाज़ के साथ, बहुत सी औरतें नाचते हुए, रात के अंधेरों में मोहल्ले की पुलिया से अंदर की ओर आ रहीं हैं। सभी औरतों ने सफ़ेद साड़ी पहन रखी हैं, और बाल खोल कर, अपने सर को चारों ओर घुमा के नाच रहीं हैं। लाल आँखें लिए और लाल सिंदूर से ख़ुद का मुँह पोते हुए, पागलों की तरह गुस्से में एक दूसरे को देख रहीं हैं। बहुत ही डरावनी सी दिखती इन औरतों के पैर उलटे हैं। और ये सब बिट्टू के घर के पास पहुँचने वाली हैं।

हाआआ...! की ज़ोर की आवाज़ के साथ बबलू भैया, सभी बच्चों को डरा देते हैं। और ये जो औरतों की कहानी बच्चों को सुना रहे थे, इससे सभी बच्चे ख़ौफ़ में आ जाते हैं।

बबलू : ऐसी ही सब चुड़ैलें, तुम सबको उठा ले जाएंगी।

मोहल्ले के डरे हुए बच्चों का झुंड, एक दूसरे को देखता रहता है। और बबलू भैया जिन्होंने सभी बच्चों को मसखरी करने के लिए इकट्ठा किया था। अब वो पप्पू के सर पे टपली मारते हुए वहाँ से चले जाते हैं।

पप्पू : मैंने तो हल्दी के पंजे और झंडा लगा लिए हैं, मेरे घर कोई चुड़ैल नहीं आएगी।

चुन्नू : हाँ! पर ये बिट्टू और वीरेंद्र के घर ज़रूर आएगी। ये लोगों ने नहीं लगाया है ना!

वीरेंद्र : मैंने पापा को बोला था। तो पापा बोले कि "तुम लोगों को झेल लेता हूँ, तो चुड़ैल को भी झेल ही लूँगा, आ जाने दो"।

सभी हँसने लगते हैं।

बिट्टू : यार! लेकिन हम लोग ऐसे कब तक रहेंगे? आजकल तुम लोग कहीं घूमने निकलते ही नहीं हो। चार दिन हो गए हैं! ऐसे तो गर्मी की छुट्टियाँ निकल जाएंगी। हम लोगों को उस चुड़ैल को पकड़ के, उसे मार के भगा देना चाहिए।

वीरेंद्र : हाँ! मैंने सुना है कि रात को मीठा खाके निकलो, तो! भूत,पिशाच और चुड़ैल हमारे पीछे लग जाते हैं। तो हम सब मीठा खाके चलते हैं, और चुड़ैल को मार के भगा देते हैं।

चुन्नू : अच्छा! और मारेंगे कैसे?

मुन्नू : नुकीले लोहे और भभूत से! मैंने एक फ़िल्म में देखा था, वो भभूत से चुड़ैल को अपने वश में करके, नुकीले लोहे से उसे मार देते हैं। मैं अगरबत्ती की भभूत और नुकीली कील ले आऊँगा।

बिट्टू : हाँ! तो बस प्लान पक्का। थोड़ी देर में हम सब चलते हैं। और चुड़ैल को मार कर, फिर से वापस वैसा माहौल बनाते हैं कि हम सबको आसानी से घूमने-फिरने मिले।

पप्पू : ना-ना ! मैं नहीं आऊँगा और तुम लोग भी मत जाओ, कुछ हो गया तो?

बिट्टू : ठीक है! नहीं जाते, डर के बैठे रहो। मेरे घरवालों ने तो मुझे कहीं जाने से मना नहीं किया है। मैं तो घूम लूँगा! तू कब तक नहीं निकलेगा पप्पू?

पप्पू थोड़ा संकोच करता है। फिर अपने डर पे काबू पाते हुए, सबके साथ चलने के लिए मान जाता है।

पप्पू : पर ये चुड़ैल को हम ढूँढेंगे कहाँ?

वीरेंद्र : वो आँगनबाड़ी है ना? वहीं पे भूत, चुड़ैल, सब रहते हैं। पीछे, जहाँ बेर का पेड़ है ना! वहाँ एक खटारा कार खड़ी है।

उस कार में, वहाँ के हेड मास्टर का एक्सीडेंट हुआ था। तभी से वहाँ सारे भूत लोग रहते हैं। रात में मैंने दूर से, वहाँ के बल्ब को अपने-आप बुझते-जलते देखा था।

बिट्टू : ठीक है! अभी साढ़े सात बज रहे हैं। हम लोग आठ बजे चलते हैं।

मुन्नू : पर भूत, चुड़ैल लोग तो बारह बजे निकलते हैं ना? मैंने फ़िल्म में देखा था।

वीरेंद्र : वो तो ऐसे निकलते हैं बारह बजे के बाद। पर हम लोग मीठा खाके निकलेंगे ना! तो वो आठ बजे भी आ जाएंगे।

चुन्नू : हाँ! तू कुछ भी मत बोला कर मुन्नू।

बिट्टू : ठीक है! सब घर से मीठा खाकर निकलो। साइकिल कोई मत लाना, वरना घर वालों को पता लग जाएगा। हम पैदल चलेंगे।

सब अपने-अपने घर की ओर रवाना होते हैं।

चारों ओर से आवाज़ों का शोर आ रहा है। लोग ज़ोर-ज़ोर से हँस रहें हैं। विभिन्न प्रकार की हँसने की आवाज़ें, धुँधले चेहरों के साथ कुछ साफ नहीं दिख रहा।

"समाज क्या बोलेगा?"

"हमारी इज्ज़त का ज़रा भी ख़्याल नहीं किया तूने?"

"हम इसे अपना नहीं सकते।"

"नहीं, नहीं, नहीं, नहीं" कहते हुए देव नींद से जागता है। थोड़ी देर अपने माथे को पकड़ कर, अपने सपने से बाहर आता है। बिस्तर से उठकर किचन में जाता है। एक गिलास मे पानी ले कर पीता है और फिर लंबी-लंबी सांसें लेता है।

देव का पहियों की रफ़्तार सा तेज़ भागता मन, थोड़ी देर में शांत होता है। देव, अपने घर में रखी अपनी प्रेमिका की फोटो फ्रेम को उठा कर, मुस्कुराता है। और आँखें बंद कर, अपने विचारों की दुनिया में खो जाता है।

चारों तरफ़ जगमग-जगमग लाइट्स जल रहीं हैं। ढोलक की आवाज़ों के साथ, महिलाओं का संगीत सुनाई देता है एक बड़े घर के अंदर से, जिसके बाहर कुर्सीयों पर कुछ बुज़ुर्ग बैठे हुए हैं। रात के समय, इतनी चहल-पहल और लोगों की यहाँ-वहाँ चलती भागा दौड़ी को देख, ऐसा लग रहा है! कि यहाँ किसी की शादी है।

एक कोने में बैठा बाईस वर्षीय देव, अपने अन्य दोस्तों का इंतज़ार कर रहा है। इतने में देव का एक मित्र सुधीर, उसकी तरफ़ आता है। शादी देव के किसी अन्य मित्र की बहन की है।

सुधीर : बारात बस पहुँच गई है। चलो! वहाँ पंडाल में सबको खाना परोसना पड़ेगा। सबको खाना वगैरह खिला के, थोड़ी देर बाद फिर चला जाएगा नाच देखने।

देव और सुधीर दोनों उठते हैं। और वहाँ से निकल कर, थोड़ी दूर पे बने पंडाल में पहुँचते हैं। ये जगह किसी गाँव सी प्रतीत

हो रही है। घरों से थोड़ा दूर, खुले मैदान में बने पंडाल में देव का एक मित्र विजय, उन दोनों की तरफ़ दौड़ता हुआ आता है।

विजय : अरे! कहाँ थे तुम लोग? इतना लेट? कितना काम है पता है ना?

सुधीर : हम का करें? तुम्हारे घर पे ही तो थे! अभी वहाँ संगीत वगैरह बज रहा था, तो हमें लगा कि सब निकलेंगे अभी पंडाल में आने के लिए। अभी सब बुज़ुर्ग लोग वहीं हैं, तो हमें लगा अभी कुछ शुरू नहीं हुआ होगा।

विजय : मेहमान हो तुम? गुलाब जल छिड़क के स्वागत करें तुम्हारा? बोका ही हो एकदम! दोस्त के बहन की शादी है, तो काम कौन करेगा? दोस्त लोग ही ना! चलो! जहाँ खाना लगा है, वहाँ जाओ और सब बंदोबस्त देखो फटाफट। यहाँ से हम जल्दी सब बाराती लोगों को वहाँ भेजते हैं। खाना जल्दी शुरू नहीं होगा, तो सबका नाक फूल जाएगा।

सुधीर : अभी तो तुम्हारा ही नाक फूला लग रहा है। लगता है! ई शादी के फूफाजी तुम ही बनोगे।

देव और सुधीर ठहाके मारके हँसते हैं, और वहाँ से निकल जाते हैं। खाने के इंतज़ाम की देख-रेख करने पहुँचे देव और सुधीर, सीधा हलवाई के पास पहुँचते हैं।

बहुत से हलवाई, जिनमें मर्द और औरतें भी शामिल हैं, एक बड़े से भण्डार में भोज की तैयारी में लगे हैं। हलवाईयों का उस्ताद, देव और सुधीर को देखकर उनकी तरफ़ बढ़ता है।

देव : सब तैयारी ठीक से हो गई है ना?

उस्ताद : हाँ! एकदम चकाचक तैयारी है। ऐसा स्वादिष्ट खाना बनाएँ हैं ना! कि आप लोग खा के झूमने लग जाएँगे।

सुधीर उस्ताद की बनियान और लुंगी की तरफ़ देख, उसकी खिंचाई करने की सोचता है।

सुधीर : लुंगी तो बहुत रंगीली पहिने हो बे!

उस्ताद : तो उतार लीजिए! हमको कच्छे में जादा आराम मिलता है।

देव, सुधीर की तरफ़ देख हँसता है। सुधीर टॉपिक बदलते हुए-

सुधीर : पूड़ीयाँ तलना शुरू नहीं किए हो?

उस्ताद : अरे! बाराती लोगों का नखरा बहुत रहता है। गरमा-गरम चाहिए होता है उनकों, तो आप लोग जब-तक दूसरा आइटम सब परोसीएगा। हम तुरंत ही पूड़ीयाँ निकाल देंगे।

देव : ठीक है!

थोड़ी देर में, सब बाराती वहाँ आकर, ज़मीन पर बिछी लम्बी-लम्बी दरियों पे बैठते हैं। पत्तों से बनी थालियों में और कटोरियों में सब को भोजन परोसा जाता है। ये इन लोगों के गाँव का रिवाज़ है कि आराम से बैठकर, इज़्ज़त से परोस कर ही भोजन को खाना पसंद करते हैं। शहरों के बफ़र सिस्टम को यहाँ के लोग ज़रा भी पसंद नहीं करते हैं। इन लोगों का

मानना है कि "कौन साला लाइन में खड़ा हो कर, एक दूसरे के जूठे हाथों से बार-बार छुए गए बर्तनों में से खाना निकाल के खाए। इज़्ज़त से हमें बैठा कर, परोस के दो, तब ही खाएंगे।" अब ये विचार धारा भी सामाजिक पहियों का हिस्सा है। दुनिया में जितना देखो, उतने विभिन्न प्रकार के रीति-रिवाज़ मिलेंगे। पहियों की सवारी का यही तो मज़ा है। ये बस आपको सफ़र कराते रहते हैं।

देव और सुधीर, खाना परोसने में अन्य लोगों की सहायता में लगे हैं। भोज में विभिन्न प्रकार की सब्ज़ीयाँ, मिठाईयाँ, खीर, रायता, दाल, चावल, पूलाव और रोटी से चार गुना बड़ी स्पेशल पूड़ी है। ये पूड़ी! एक खा लें, तो इंसान का पेट भर जाए। पर गाँव के लोगों की डाइट की बात ही अलग है। हर तरफ़ से आवाज़ आ रही है-

"अरे! एक पूड़ी और दीजिए।"

ये देख, पूड़ी परोसते सुधीर के होश उड़े हुए हैं। सुधीर किसी अन्य साथी को अपना कार्य देकर, देव को वहाँ से खींचकर बाहर लाता है।

सुधीर : अबे साला! कितना जन्म से भूखा है ये लोग? पूरा रात यहीं निकल जाएगा, वहाँ नाच भी शुरू होने वाला होगा। निकलते हैं यहाँ से।

देव : अरे! पर ये कोल्ड ड्रिंक्स का जिम्मा हमको दिया है विजय ने। क्या करें इसका?

सुधीर, एक कम उम्र के बालक को आवाज़ देता है।

सुधीर : ए बाबू! ज़रा सुनो।

बच्चा भागता हुआ, सुधीर के पास आता है।

सुधीर : हम लोगों को जाना है, अब ये कोल्ड ड्रिंक बाँटने का काम तुम्हारा है। आराम से, कम-कम देना सबको। पूरा ख़त्म हो गया, तो बाद मे हम सबको नहीं मिलेगा। शहर के मार्किट से लाए हैं, दो सौ किलोमीटर दूर से। समझे?

देव और सुधीर, कोल्ड ड्रिंक्स का डिपार्टमेंट बच्चे को पकड़ाकर, वहाँ से खिसक लेते हैं।

कुछ क़दम चलते ही, देव की नज़र एक बहुत ही हसीन चेहरे पर पड़ती है। जिसे देख वो रुक जाता है। काले लम्बे कमर तक चोटी में गुँथे बाल, काजल से ढकी मोटी-मोटी आँखें, लम्बा क़द, दूध सा सफ़ेद गोरापन और चेहरे की चमक ऐसी, कि देखने वालों की आँखों में रौशनी भर दे।

झपकी के साथ नीचे गिरते हुए देव की आँखें खुलती हैं। वो ख़ुद को अपने विचारों से बाहर, अपने आज में पाता है। और हाथ में पकड़े फोटो फ़्रेम की तस्वीर को देखने लगता है।

अरे! ये तो वही चेहरा है, जो देव ने अभी-अभी अपने विचारों की दुनिया के सफ़र में देखा था। तो इस तस्वीर का वजूद, मात्र तस्वीर तक नहीं है! और ये तस्वीर, देव के विचारों का सिर्फ़ वहम नहीं है। बीती ज़िन्दगी के यादों के पहियों से बाहर निकल कर देव, वापस वही अतरंगी हुलिया बना लेता है। और अपनी

साइकिल के पीछे इस तस्वीर को रखकर, अपने साइकिल के पहियों के सफ़र पे निकल पड़ता है।

आँगनबाड़ी के एक बंद दरवाज़े के ऊपर से, सभी बच्चों के अंदर कूदने की हल्की आवाज़ों के साथ, टाइगर का बाहर से भौंकना, दबे पैर चल रहे बिट्टू को थोड़ा डरा देता है।

बिट्टू : आराम से! नहीं तो वॉचमैन जाग जाएगा। और टाइगर! तू भी चुप रह। तू अंदर नहीं आ सकता। बाहर से ही देख आराम से, बस भागना मत कहीं। कोई मदद कि ज़रुरत पड़ी तो हम बताएँगे, अभी हम अंदर जाते हैं।

सभी बच्चे दबे पैर अंदर जाते हैं। तभी पप्पू की नज़र एक गाय पे पड़ती है। आँगनबाड़ी के अंदर, एक छोटे से मैदान में लंगड़ा के चल रही एक गाय, जिसके पैर में कहीं से चोट लग गई थी। वो गाय, आँगनबाड़ी शायद घास चरने आई थी। पर वॉचमैन के दरवाज़े बंद कर देने से, अंदर ही फंसकर रह गई थी। गाय, बिट्टू और उसके साथियों को देख, लंगड़ाते हुए, उनकी तरफ़ तेज़ी से दौड़ती है। पप्पू दूर से गाय को आता देख डर जाता है।

पप्पू : देखो! वो गाय हमारी तरफ़ दौड़ रही है।

मुन्नू : लंगड़ी गाय दौड़ कैसे सकती है? कहीं ये ही तो चुड़ैल नहीं? मैंने फ़िल्मों में देखा था, चुड़ैल लोग कोई भी रूप ले लेती हैं।

ये सुन, सब सन्न रह जाते हैं। और गाय बच्चों के पास आकर, शान्ति से खड़ी हो जाती है।

बिट्टू : देख क्या रहा है मुन्नू? भभूती मार!

मुन्नू, पुड़िया में रखी अगरबत्ती की राख को गाय पे फेंकता है। पर कुछ असर ना होता देख, मुन्नू अपनी फ़िल्मी दुनिया के डायलॉग के पिटारे में से नया डायलॉग निकालता है।

मुन्नू : लगता है! ये बहुत ख़तरनाक चुड़ैल है। इसपर भभूती का कोई असर नहीं हुआ, तो नुकीली कील से भी इसे कुछ नहीं होगा।

बिट्टू : तो क्या करें?

चुन्नू : भागो!

सभी बच्चे तेज़ी से वापस गेट पे चढ़कर, बाहर कूद जाते हैं। और वहाँ से भाग खड़े होते हैं। थोड़ी दूर, जहाँ हकले अंकल की दुकान है, जो की इस वक़्त बंद है, वहाँ खड़े होकर अपने फेफड़ों को थोड़ा आराम देते हैं और लम्बी-लम्बी साँसें लेते हैं।

वीरेंद्र : आज तो बाल-बाल बचे हैं।

पप्पू : हाँ! सही कह रहा है।

डर से सभी बच्चों की सिट्टी-पिट्टी गुम है। तभी अचानक से बिट्टू की नज़र एक औरत पे पड़ती है, जो हकले अंकल की दुकान की तरफ़ से मोहल्ले को जाते रास्ते के मध्य में, एक कोने में छुप के बिट्टू और उसके साथियों को घूर रही है। आसपास एकदम सन्नाटा है, और कोई इंसान नज़र नहीं आ रहा।

बिट्टू : वो देखो! ये शायद वही चुड़ैल है। ये तो हमारे पीछे ही पड़ गई है। वहाँ से यहाँ तक, हम सबसे तेज़ पहुँच गई। और अब घर के रास्ते के बीच खड़ी है। अब क्या होगा? हम घर कैसे जाएंगे?

पप्पू : मना किया था मैंने! चुड़ैल पकड़ने मत जाओ। अब हम सब तो गए।

चुन्नू-मुन्नू धीरे से, पीछे से, गुरजीत भैया की गली से, तेज़ी से भाग निकलते हैं। उनको पता है कि उनकी दौड़ने की रफ़्तार, गुरजीत भैया के घर के आगे सुरक्षा देते उनके कुत्ते से तेज़ है। पर चुड़ैल से तेज़ नहीं, इसलिए भागना ज़रूरी है। यहाँ बिट्टू,पप्पू और वीरेंद्र सोचते हैं कि धीरे-धीरे क़दम आगे बढ़ाएँ और चुड़ैल के पास तक पहुँचने के बाद, वहाँ से सीधे दौड़ना शुरू करें। और एक बार बस घर पहुँच जाएँ। पप्पू हल्के स्वर में हनुमान जी को याद करता है।

पप्पू : जय हनुमान! जय हनुमान!

बिट्टू : किसी को हनुमान जी की चालीसा आती है तो पढ़ो, उससे भूत-चुड़ैल आसपास नहीं आते हैं।

वीरेंद्र : नहीं आती।

बिट्टू : ठीक है! फिर नाम लेते चलो।

तीनों अपने डर के साथ हिम्मत रखते हुए, हनुमान जी को याद करते हुए आगे बढ़ते हैं। जैसे ही तीनों उस औरत

के नज़दीक पहुँचते हैं। गुस्से में तिलमिलाई वो औरत, झपट के बिट्टू और वीरेंद्र को पकड़ लेती है। पप्पू तेज़ी से मोहल्ले के भीतर भाग जाता है। बिट्टू और वीरेंद्र डर के मारे रोने और गिड़गिड़ाने लगते हैं।

बिट्टू : हमें छोड़ दो! हम भी घर के आगे हल्दी के पंजे और पीला झंडा लगा लेंगे।

औरत : तुमने ही मारा है, नहीं छोड़ूँगी।

तभी पीछे से, अपने बालों को सँवारते हुए बबलू भैया, वहाँ से गुज़र रहे होते हैं। वह ये दृश्य देख, पास आकर पूछते हैं।

बबलू : अरे बहन जी! क्या हो गया? क्यों इन बच्चों को पकड़ रखा है। छोड़ दीजिए।

औरत : नहीं छोड़ूँगी, इन्होनें ही मारा है।

बिट्टू : हमने थोड़ी मारा है। वो तो चूहे ने उस बिल्ली को मारा है।

वीरेंद्र : हाँ! हमें क्यों पकड़ लिया है चुड़ैल तुमने?

औरत : देखिए! मुझे ये बच्चे चुड़ैल बोल रहे हैं। थोड़ी देर पहले, इन्होने मेरे बच्चे को थप्पड़ मार कर, उससे पैसे छीन लिए।

बबलू : एक मिनट! आराम से बताईए क्या हुआ?

औरत : मैंने अपने बच्चे को चावल लेने भेजा था। तो इन लोगों ने उसे थप्पड़ मार कर, उसके पैसे छीन लिए थे। मैं जब यहाँ आई, तो इनमें से दो बच्चे भाग गए। मैं यहाँ छुप के, इन्ही लोगों का इंतजार कर रही थी।

बबलू : क्यों रे बिट्टू! ये सब कर रहा है तू आजकल?

वीरेंद्र : तुम चुड़ैल नहीं हो?

गुस्से में तिलमिलाई औरत, वीरेंद्र को पीठ पे दो मुक्के मारती है।

औरत : "मुझे चुड़ैल बोलता है।"

बिट्टू : अरे! हमने किसी को नहीं मारा, और ना पैसे छीने। हम तो बस चुड़ैल को ढूँढ के मारने गए थे।

बबलू भैया ये बात सुनकर ज़ोर से हँसने लगते हैं।

बबलू : देखिए! आप अपने बेटे को बुलाईए और उससे पूछ लीजिए कि यही बच्चे थे क्या? जिनने उसके पैसे छीने।

तभी पीछे से दौड़ता हुआ एक छोटा सा बच्चा, लगभग छह-सात वर्ष की आयु का, उस औरत के पास आता है। वो बच्चा, वहाँ खड़े सभी लोगों को घूरता है और उस औरत की साड़ी के पल्लू में छुप जाता है।

बच्चा : ये लोग कौन हैं माँ?

औरत : इन्हीं लोगों ने तुम्हे मारा था ना?

बच्चा : नहीं! ये तो छोटे-छोटे से बच्चें हैं, वो तो और बड़े-बड़े बच्चे थे।

बबलू : देखिए! अब यक़ीन हुआ कि ये वो बच्चे नहीं है। अब आप इन्हें छोड़िए! अगर आपको लगता है कि आपको उन बच्चों को पकड़ना है, तो आप पुलिस थाने में रिपोर्ट लिखवाईए। ऐसे सड़क चलते हर किसी को परेशान मत कीजिए।

औरत अपने गुस्से को शाँत करते हुए, बिट्टू और वीरेंद्र को छोड़ती है। और अपने बच्चे का हाथ पकड़, इतराते हुए वहाँ से चली जाती है। बिट्टू और वीरेंद्र भी अपने घर की तरफ़ रवाना होते हैं। बबलू भैया, दूर से आ रहे मोटरसाइकिल सवार एक युवक को हाथ दिखाते हैं। और उसकी मोटरसाइकिल पे पीछे बैठ, मोटरसाइकिल के पहियों के सफ़र पे निकल जाते हैं।

अफ़वाहें भी गज़ब का तड़का लगाती हैं, ज़िन्दगी की खिचड़ी में। कौन जाने चूहे, बिल्ली और चुड़ैल की अफ़वाह किसने फैलाई? पर बिट्टू और साथियों के हाथों में ना चुड़ैल आई! और ना वो गुस्साई औरत, अपने बच्चे के पैसे छीनने वालों को पकड़ पाई। बस दूर से आ रही देव की साइकिल, अपनी रोज़मर्रा की रफ़्तार से, अपनी धुन में सड़कों पे दौड़ती हुई, मोहल्ले से होते हुए, देव के घर की तरफ़, अंधेरों में डूब गई।

अध्याय 5

यादों के भंवर

***

समय का पहिया चलता रहता है, और कुछ दिन यूँ ही बीत जाते हैं। चुड़ैल कि अफ़वाहें, धुएँ की तरह विलुप्त हो जाती है। और फिर से मोहल्ले में रौनक आती है। इसी रौनक के बीच, बिट्टू अपनी साइकिल की मरम्मत करवाने, पास के साइकिल मैकेनिक की दुकान पर पहुँचता है। अलग-अलग प्रकार की साइकिल्स, कुछ आधी खुली हुईं और कुछ एकदम रिपेयर होकर तैयार खड़ी हैं। उस छोटी सी दुकान के सामने, जिसका कोई नाम नहीं है। पानों और औज़ारों के पास, एक तगाड़ी में रखा पानी, और पंक्चर बनाने वाले ट्यूब के पास रखे, हवा भरने वाले पंप का दृश्य, बड़ा ही खूबसूरत नज़र आ रहा है। पहियों के लिए तो ये दृश्य खूबसूरत होगा ही! आख़िर मैकेनिक साइकिल का डॉक्टर जो होता है। और ख़ुद की मॉडिफ़िकेशन करवाने आई बिट्टू की साइकिल भी, अब कतार में लग गई है। सामने से एक अधेड़ उम्र का व्यक्ति, बिट्टू के क़रीब आता है। उस इंसान के कपड़ों पे बहुत से दाग़ लगे थे और चेहरे पे साइकिल की ग्रीस के काले धब्बे, उसके किरदार को बेहद ही मेहनती दर्शा रहे थे। इस इंसान का चेहरा, भूसे की दुकान वाले अंकल से काफ़ी मिलता-जुलता था। ये उनके जुड़वा भाई थे, बस शरीर पतला और क़द थोड़ा उनसे छोटा था।

बिट्टू : अंकल! देखो, इस साइकिल में आपको अच्छा सीट कवर लगाना है, और ये कैरिएर हटा के, थोड़ा मज़बूत वाला लगाना है। और वो हैंडल पे, बैल के सींग जैसा हैंडल आता है ना! वो लगाना है। ब्रेक की गिट्टीयाँ बदलनी हैं, और चेन थोड़ी टाइट कर देना।

मैकेनिक : कलर भी करना पड़ेगा, फिर ये नई लगने लगेगी।

बिट्टू : हाँ! लेकिन उतना पैसा नहीं है मेरे पास, तो कलर मैं ख़ुद कर लूँगा। और हाँ! ये साइड स्टैंड भी बहुत ढीला है, इसे भी बदलना पड़ेगा।

मैकेनिक : ठीक है! थोड़ा टाइम लगेगा, दो-चार घंटे में हो जाएगा। तुम साइकिल यहाँ रख दो। पैसे कितने लगेंगे! ये मैं बनने के बाद बताऊँगा, क्योंकि सामान मँगवाना पड़ेगा। अब बाज़ार के दाम के साथ मेरा जो मेहताना लगेगा, वो अलग रहेगा।

बिट्टू : पैसे मेरे पास नहीं है, पापा दे देंगे! पर इस महीने नहीं, अगले महीने।

मैकेनिक : ठीक है! मैं खाते में लिख दूँगा। तुम आराम से जाओ अब।

पैसों की उधारी, अक्सर हर मध्यम वर्गीय परिवार के जीवन के पहिये को आगे बढ़ाने में, पैडल का काम करती है। और अक्सर जान-पहचान के सभी दुकानदार, इसमें बहुत ही सहयोगी रहते हैं। साइकिल वहाँ खड़ी करके, बिट्टू अपने घर पहुँचता है।

और घड़ी की तरफ़ बार-बार घूरता हुआ, समय निकलने का इंतज़ार करता रहता है। अपनी साइकिल के तैयार होने को लेके बेचैन बिट्टू, अपनी उत्सुकता छुपा नहीं पा रहा था। आख़िर उसका साइकिल का सपना जो पूरा होने वाला था। घड़ी में जैसे ही दो घंटे बीतते हैं, बिट्टू सरपट दौड़ता हुआ दुकान पहुँचता है। आसपास खड़ी साइकिल के साथ, अपनी साइकिल को वहाँ ना पाकर बिट्टू, निराश नज़रों से दुकान के अंदर झाँकता है। तभी बाहर से घंटी की ट्रिंग-ट्रिंग की आवाज़ के साथ, मैकेनिक बिट्टू की साइकिल को चला कर, उसके पास पहुँचता है।

मैकेनिक : ये लो! हो गई तुम्हारी साइकिल तैयार, वो मैं थोड़ा इसको चला के देख रहा था, कि काम बराबर हुआ है की नहीं!

बिट्टू अपनी साइकिल को देखकर बहुत ख़ुश हो जाता है। फटाक से अपनी उत्सुकता को ना छुपाते हुए, साइकिल पे चढ़, एक बड़ी मुस्कान के साथ, अपने घर की ओर निकल जाता है। हवाओं से बात करती बिट्टू की मुस्कान, उसके अंदर की ख़ुशी को बयाँ कर रही थी। और चलती साइकिल के आसपास से गुज़रता हर व्यक्ति, उस सुख की चमक को महसूस कर पा रहा था।

घर के आँगन में अपनी साइकिल खड़ी कर बिट्टू, उसे बड़े ही प्यार से देख, मन ही मन अपने सपनों की दुनिया में खोया हुआ था। तभी आँगन में बंधे गाय के बछड़े की बेचैनी में चीख़ने की आवाज़ से बिट्टू, अपने सपनों की दुनिया से बाहर आता है। बिट्टू बछड़े के पास जाकर उसे प्यार से सहलाते हुए-

बिट्टू : क्या हुआ? क्यों इतने परेशान हो?

पीछे से बिट्टू की माँ, जो घर से अभी निकली ही थीं, बिट्टू की साइकिल को देख, बिट्टू के पास आकर, उससे साइकिल का हाल पूछतीं हैं।

माँ : बन गई तेरी साइकिल? कितना ख़र्चा हुआ?

बिट्टू : वो मुझे नहीं पता! पहले ये बताओ कि गाय कहाँ है? और ये बछड़ा इतना चिल्ला क्यों रहा है?

माँ : अरे! भूखा होगा वो! गाय को बाहर घास खाने छोड़ा था, पर वो बहुत देर से आई नहीं, तो तेरे पापा देखने गए हैं।

तभी बिट्टू के पिताजी बाहर से गेट खोल कर, गाय को अंदर की ओर भेजते हैं। अपने बछड़े को देखकर, घबराई हुई गाय, उसके समीप आकर उसे लाड़ जताती है। और बेचैन बछड़े की आँखों में सुख और शांति की चमक वापस झलकने लगती है। वो ख़ुशी में यहाँ-वहाँ कूदता है, और फिर गाय का दूध पीकर, अपनी भूख मिटाने लगता है। बेज़ुबाँ जानवरों का दुख-सुख भी कितना अजीब होता है ना? हम बस उसे महसूस कर सकते हैं। उनका सुख-दुख ना जी सकते हैं, और ना बयाँ कर सकते हैं। पर ज़िन्दगी के पहियों में जब दुख है, तो सुख भी है! पहियों की ख़ासियत ही यही है कि ये घूमते रहते हैं। बिट्टू, गाय के क़रीब जाकर, उसके गले को सहलाता है। और गाय अपना गला आगे की ओर बढ़ा देती है।

बिट्टू : कहाँ ग़ायब हो गईं थी तुम? बछड़ा कितना परेशान हो रहा था, पता भी है तुम्हें?

बिट्टू की माँ, घर के अंदर से पानी लाकर बिट्टू के पिताजी को देते हुए-

माँ : क्या हो गया था? कहीं दूर चली गई थी क्या घाँस चरने?

पिताजी : नहीं! वो.. कांजी हाउस वाले पकड़ के ले गए थे। वहीं से छुड़वा के ला रहा हूँ।

कांजी हाउस वो जगह होती है, जहाँ आवारा पशुओं को पकड़ के रखा जाता है। जिससे आवारा पशु यहाँ-वहाँ सड़कों पे घूमते ना पाए जाएँ। कांजी हाउस में पशुओं की भीड़ में, पशुओं को उतना प्यार और देखभाल नहीं मिल पाता, जितना घरों में मिलता है। इसलिए बिट्टू के परिवार वाले, गाय को ज़्यादा बाहर नहीं जाने देते थे। कभी-कभी जब सूखे भूसे से बोर हो कर गाय, भूसा खाना बंद कर देती थी, तो उसे बाहर हरी-हरी घाँस का आनंद लेने भेज देते थे। आख़िर होम सिकनेस बस इंसानो को ही नहीं होती। जानवरों पर भी चार दीवारी के बंधन का असर तो होता ही है।

पर पशुओं का मन चंचल होता है। क्या पता घूमते-घूमते, कहीं भी दूर निकल गए। अक्सर समय से वापस आना, बिट्टू के घर की गाय को पसंद था। क्योंकि अपने बच्चे की ज़िम्मेदारी, आपको ज़्यादा देर दुनिया में भ्रमण करने नहीं देती। कुछ जगह इंसान हो, या जानवर, भावनाएँ एक जैसी होती हैं। बिट्टू के पिताजी, पानी का गिलास बिट्टू की माँ को थमाकर, साइकिल की तरफ़ देखते हैं।

पिताजी : तो साइकिल तैयार हो गई तुम्हारी?

बिट्टू : हाँ! बस कलर नहीं करवाया। वो महँगा होता है ना! तो मैंने सोचा था की दीवाली का जो पेंट, गेट और खिड़कियों से बचा होगा, उसमे से ख़ुद ही कर लूँगा।

पिताजी : हाँ! जाओ, देख लो पीछे वाले कमरे में, जहाँ गाय का भूसा रखा है, वहीं ऊपर वाली अलमारी पे होगा।

बिट्टू तुरंत अपने घर के पिछले कमरे से बचा हुआ पेंट, तारपीन का तेल, ब्रश और पुराना पेंट छुड़ाने हेतु घिसने वाली पट्टी लेकर, अपनी साइकिल के पास पहुँचता है।

साइकिल के पुराने और हर जगह से छूट रहे काले पेंट को बिट्टू, घिस-घिस के निकालता है। और पेंट के डब्बे में, पुराने सूखे पड़े पेंट को तारपीन तेल के साथ मिलाकर, वापस लिक्विड फॉर्म में लाता है। और अपने ब्रश की कलाकारी से, पूरी साइकिल को आसमानी नीले रंग से पेंट कर देता है। पर जैसे ही पिंकी और किट्टू, वहाँ आकर, बिट्टू कि आसमानी नीली साइकिल को देखते हैं। दोनों अपनी हँसी रोक नहीं पाते। और बिट्टू ख़ुद, जो सोच रहा था कि कलर के बाद साइकिल में रौनक आ जाएगी, वो अपनी निराशा को छुपा नहीं पाता।

पिंकी : गधे! पूरे एक ही रंग में साइकिल थोड़े ही पेंट की जाती है।

किट्टू : हाँ! ये तो ऐसे लग रही है, जैसे पूरी नीली-नीली हो।

पिंकी, किट्टू के सर पे टपली मारते हुए।

पिंकी : हाँ! तो नीली-नीली ही तो है। तू भी! अलग ही अंधा है।

बिट्टू : तो! अब क्या करूँ? चार ही तो पेंट हैं अपने पास। काला, सफ़ेद, लाल और आसमानी नीला।

पिंकी : तो काला कर ले।

बिट्टू : नहीं! काला तो इसपे था ही, मुझे नया कलर करना है। जो आँखों में चमके लोगों की, जब भी मैं पास से साइकिल से निकलूँ। आखिर मेरी साइकिल स्पेशल जो है।

पिंकी : तो एक काम कर, लाल कर दे पूरा।

किट्टू : हाँ! फिर बैल जब भी इसकी साइकिल देखेगा, इसको उठा के पटक देगा। जैसे उस हिंदी फ़िल्म में कैसे वो बैल, लाल रंग की कार के पीछे पड़ जाता है। जो हमने बहुत पहले देखी थी।

बिट्टू : नहीं-नहीं! मुझे नहीं करना लाल कलर।

पिंकी : फिर तो एक ही रास्ता है।

बिट्टू : क्या? बता ना प्लीज़।

पिंकी : लाल और सफ़ेद रंग मिला और उससे पिंक कलर बनेगा, मड-गार्ड को पिंक कलर कर दे। और काले और सफ़ेद को मिला के ग्रे कलर बना, और थोड़ा स्पार्कल मेरे पास रखा है, उसे मिला के, बाक़ी की साइकिल में स्पार्कल ग्रे कलर कर दे।

बिट्टू : पिंक मड-गार्ड! छी! वो तो लड़कियों की साइकिल में होता है ना! मुझे बिलकुल पसंद नहीं।

पिंकी : पर कितनी अच्छी लगती है ना लड़कियों की साइकिल।

बिट्टू थोड़ी देर विचार करता है। और फिर पिंकी की सलाह मान ही लेता है। क्योंकि सही मायने में उसके दिमाग़ में, और कोई रंगों का विकल्प सूझता ही नहीं है।

साइकिल पेंट हो कर सूख जाती है, और बिट्टू उसे देखता है। आँखों में हल्की चमक तो इन रंगों ने भर ही दी थी, और बाक़ी बची चमक, बिट्टू रेडियम टेप से और अपने पास इकट्ठा किए हुए स्टिकर्स से, साइकिल को सजा कर भरना चाह रहा था। रेडियम के गोल्डन और सिल्वर कलर के टेप से, साइकिल के अंगों को थोड़े-थोड़े दूरी पे लपेट कर और कुछ-कुछ हिस्सों में स्टिकर लगा कर, बिट्टू ने अपनी साइकिल को एकदम चमकदार बना दिया था। और वो चमक बिट्टू की आँखों और मुस्कान में साफ़ झलक रही थी।

"वो बचपन कितना प्यारा था,

जब मैं फिरता आवारा था।

पतंग हवा से बातें करती,

टायर सड़कों पे लेहराता था,

स्कूल से घर आकर मैं,

एक पल ना घर पर टिक पाता था।

वो बचपन कितना प्यारा था,

जब मैं फिरता आवारा था।

बत्ती गुल हो जाती रात में,

एक शोर सा गली में आता था।

कहाँ गए वो यार मेरे,

जिनके साथ मैं अमरुद चुराता था।

खेल-खेल में उन्हें दुश्मन बना,

मैं ख़ुद हीरो बन जाता था।

टीचर की मार खाने में,

हँसते-हँसते स्कूल जाता था।

वो बचपन कितना प्यारा था,

जब मैं फिरता आवारा था।

वो दुनिया होती थी मेरी,

जहाँ ना मैं कभी हारा था।

सच्ची दोस्ती आज़माने को,

बस कट्टी का सहारा था।

वो बचपन कितना प्यारा था,

जब मैं फिरता आवारा था।

साइकिल पे पैडल मारे,

मैं सड़कों की खोज में जाता था।

धुल मिट्टी से लिपटा हुआ,

जब मैं खेल के आता था।

याद है वो हैंडपम्प मुझे,

जो मेरी प्यास बुझाता था।

वो बचपन कितना प्यारा था,

जब मैं फिरता आवारा था।

उस एक दिन के इंतज़ार में,

मैं पूरा साल बिताता था।

आएगा वो महीना जुलाई का,

जब मैं कॉपी पे नया कवर चढ़ाता था।

एक बहाने से, मैं फिर उस हिम्मत को पाता था,

चींटी कोई मर जाए, जब मैं नीचे गिर जाता था।

ज़िद कहते थे लोग उसे,

पर मैं तो मन का राजा था।

गाने के थे बोल अलग,

पर मैं तो कुछ भी गाता था।

वो बचपन कितना प्यारा था,

जब मैं फिरता आवारा था।"

कुर्ता-पैजामा पहना एक व्यक्ति, ये पंक्तियाँ सुनाते हुए, बिट्टू के मोहल्ले से थोड़ी दूर वाले तिराहे पर, दद्दू के ठेले के पास खड़ा, केला खा रहा था।

व्यक्ति : तो दद्दू! कैसी लगी मेरी कविता?

दद्दू, उस व्यक्ति के हाथ से कविता लिखा हुआ काग़ज़ लेते हैं। अपने मोटे से चश्में को आँखों पे दबाते हुए, एक बार और ग़ौर से उस कविता को देखते हैं। फिर थोड़ा सोचने के बाद, काग़ज़ लौटा देते हैं। वो व्यक्ति काग़ज़ को मोड़कर उसे चूमता है, और अपने कंधे से लटके झोले में अच्छे से रख लेता है।

दद्दू : लिखा तो ठीक है! पर वो कवि वाली बात नहीं है।

व्यक्ति : कवि वाली कौन सी बात?

दद्दू : अरे! वो व्याकरण की समझ के साथ जो लिखी जाती है ना! उसमे अलग मज़ा होता है।

व्यक्ति : मतलब आपको पसंद नहीं आई?

दद्दू : अच्छी है! भावनाएँ अच्छे से पिरोई हैं। पर कच्ची है।

व्यक्ति, दद्दू के क्रिटिसिज्म को, अपने केले से भरे पेट में पचा पाने में, खुद को असक्षम महसूस करता है और भावनाओं के मिश्रण को अपने चेहरे पर समेट लेता है।

व्यक्ति : कच्चे तो आपके केले हैं। कविता की समझ नहीं, कलाकार का अपमान करते हैं। चलता हूँ! पर फिर मिलूँगा ज़रूर।

व्यक्ति झल्लाता हुआ, वहाँ से निकल जाता है। और दद्दू, उस तारीफ़ के भूखे व्यक्ति के पेट को तारीफ़ों से ना भर पाने की बात को, अपनी मुस्कान से टालते हुए ठेले के पहियों को धकेलते हैं। तभी ठेले के पहियों के आगे, बिट्टू की साइकिल के पहियों पर टकराती ब्रेक की गिट्टी, बिट्टू की साइकिल को रोक देती है। दद्दू की नज़र बिट्टू की नई साइकिल पर पड़ती है।

दद्दू : अरे वाह! नई साइकिल। बहुत-बहुत बधाई हो।

बिट्टू अपने साइकिल के ऊपर इतराते हुए, अपनी भौएँ चढ़ाके, स्टाइल में साइकिल की घंटी को बजाते हुए-

बिट्टू : नई नहीं है। सेकंड हैंड है, पर मैंने इसको नया बनाया है। देखो! एकदम चमक रही है ना? शेरा नाम रखा है मैंने इसका। है ना एकदम शेर जैसी?

दद्दू : क्या बात है! आज सब को तारीफ़ें ही सुननी हैं। हाँ! चमक तो रही है। तो फिर कहाँ जा रहा है तू सैर करने?

बिट्टू : स्कूल के एक दोस्त से मिलने जा रहा हूँ। जब से छुट्टियाँ लगी हैं, मिला नहीं हूँ उससे। मेरा दोस्त नाराज़ है मुझसे, तो पहले उसे मनाऊंगा। फिर देखता हूँ! शायद घूमूँगा।

दद्दू : क्यों? आज घर से कोई काम नहीं मिला तुझे?

बिट्टू : नहीं! आज कुछ ऐसा काम नहीं था, तो बस चल दिया।

दद्दू : ठीक है! पर मुझे तो बहुत काम है। वैसे ही थोड़ा लेट हो गया हूँ! अभी सुबह-सुबह ही, कच्चे केलों की शिकायत मिली है।

मुस्कुराते हुए दद्दू, अपने ठेले को पीछे लेकर, बिट्टू के बगल से ठेला धकेलते हुए अपने सफ़र पर आगे बढ़ते हैं। बिट्टू भी अपने साइकिल को पैडल मार कर अपनी मंज़िल की ओर निकलता है।

आसमान में सूरज अपनी लालिमा से तेज़ गर्मी के सफ़र की शुरुआत पर है। और सोये हुए देव के चेहरे पर, खिड़की के पर्दों से छनती हुई हल्की- हल्की किरणें, उसके स्वप्न में ख़लल पैदा कर रही हैं। लेकिन चेहरे पर एक अच्छी सी मुस्कान भी झलक रही है। शायद सपना इतना अच्छा है कि ये किरणें भी नींद तोड़ने में असफल हैं। यादें इंसान के दिमाग़ पर जब हावी होती हैं ना! तो सपनों के पहियों के ज़रिए, अक्सर ख़ुद को अंतर मन में सैर कराती रहती हैं।

उसी हसीन चेहरे को याद करता देव, गाँव के तालाब के किनारे बैठा, पानी में पत्थर मारकर, ख़ुद की पानी में पड़ रही छवि को बार-बार हिला रहा है। पर पानी शाँत होते ही, देव का चेहरा पानी में वापस दिखाई दे रहा है। एक हसीन चेहरा यादों में और एक चेहरा पानी में, शायद देव अपने चेहरे को हटाकर, बस उसी हसीन चेहरे को याद करते रहना चाह रहा है। इतने में पीछे से, मोटरसाइकिल पर सवार सुधीर, वहाँ पहुँचता है। सुधीर मोटरसाइकिल को स्टैंड पर खड़ा कर, देव के पास आकर, उसके कंधे पर हाथ रखते हुए-

सुधीर : क्या बे! कब से हर जगह ढूँढ रहे है तुमको, और तुम यहाँ बैठा है।

देव : नहीं भूल पा रहा हूँ।

सुधीर : किसको?

सुधीर, अपने माथे पर थोड़ा बल डालते हुए, अपनी भौएँ उठाता है। और देव की टांग खींचने की कोशिश करता है।

सुधीर : कहीं आशिक़ तो नहीं बन गए हो? बहुत यादों में खोए हो। बोले थे ना तुमको!

शादी की रात में नाच का दृश्य याद करता हुआ देव, उस हसीन चेहरे की हर एक अदा को मन ही मन निहारता हुआ, सुधीर की बातों को नज़रअंदाज़ करता है। यादों में, चमक-धमक के बीच लौंडा नाच चल रहा है। लौंडा नाच, गाँव की शादियों में मनोरंजन के लिए आयोजित किया जाता है। इस नाच में

किन्नर या कुछ लड़के, जो लड़कियों की वेशभूषा बनाकर, लोगों के मनोरंजन के लिए, ऑर्केस्ट्रा के गानों पर या ढ़ोल, तबला एवं अन्य प्रकार के म्युज़िक इंस्ट्रूमेंट की धुनों पर, अपनी नृत्य कला को दर्शकों के समक्ष प्रस्तुत करते हैं।

कंधे से हाथ हटाते हुए सुधीर, देव को घूरता है।

सुधीर : किन्नर है वो!

देव : तो क्या हुआ?

सुधीर : अबे! आशिक़ी में इतना मत पगलाओ, तुम्हारे पिताजी खाल उधेड़ देंगे, तुम्हारी भी और हमारी भी। मन का और जवानी का आकर्षण है ये! ज़्यादा सोचोगे! तो ये आकर्षण कब तुम पर हावी हो जाएगा, पता भी नहीं चलेगा।

देव : आकर्षण नहीं है! और ना ही जवानी का जोश! हमको पहली बार ऐसा एहसास हुआ है। हम कुछ और सोच ही नहीं पा रहे हैं। तुम तो दोस्त हो, कम से कम तुम तो समझो।

सुधीर : दोस्त लोग बस यही सब में फंसने के लिए होता है क्या? बवाल करवाओगे तुम। हमें इसमें मत घसीटो। तुमको पगलाना है? शौक़ से पगलाओ!

देव : बस एक काम कर दो।

सुधीर : क्या?

देव : हमें एक बार मिलवा दो उनसे।

सुधीर : गाँव के बाहर, अगला गाँव शुरू होने से पहले, बीच में, नाच टोली का सब लोग, अपना-अपना छोटा सा घर बना के रहता है। वहीं ढूँढना पड़ेगा। चल देंगे साथ! पर बस एक बार, और फिर हम कुछ नहीं जानते।

"आशिक़ी की बीमारी से भगवान सबको बचाए"

बड़बड़ाता हुआ सुधीर अपनी मोटरसाइकिल चलाकर, वहाँ से निकल जाता है।

दरवाज़े पर दस्तक के साथ, देव की नींद खुलती है। दरवाज़े की दूसरी तरफ़ से नौकर आवाज़ लगाता है-

नौकर : मैं सब्ज़ी लेने जा रहा हूँ, आपको और कुछ चाहिए?

देव : नहीं!

अपनी आँखों को मलते हुए, खिड़की के पर्दों को हटाकर, देव बाहर की रौशनी को एक टक देखता है और फिर पर्दा बंद कर, अपने बिस्तर पर गिर जाता है।

सड़क पर दोनों तरफ़ ऊँचा और बीच में दबाव के कारण, घरों की टंकियों से ओवरफ़्लो होने वाला पानी, सड़क के बीच जमा हो रखा है। बनाने वाले ने भी क्या ख़ूब सड़क बनाई है। देख के समझ नहीं आता कि सड़क के बीच में माल कम भर के, जेब में माल रखा गया है। या कोनों में ज़्यादा माल भर के, जेब से माल लगाया गया है। सड़कों की मरम्मतों पर शिकायतें क्या ही करें? पहियों की रफ़्तार में, शिकायत की झलक पर

ध्यान देने जाएंगे, तो सफ़र का मज़ा कैसे उठाएंगे। साइकिल के पहियों की टकराव से सड़क के बीच जमा पानी, उछल कर बिट्टू के पैरों में पड़ता है। पैरों से पानी को झटकता बिट्टू, तेज़ रफ़्तार में, अपने स्कूल के दोस्त के घर के सामने ब्रेक लगाता है। और अपने दोस्त का नाम ज़ोर से चीख़ता है। आवाज़ उस स्वर में लगाई गई है, जिसमे आवाज़ दूसरी मंज़िल पर, घर में चैन से बैठे उसके मित्र के कानों तक पहुँचे।

"आलोक..."

एक बार में कोई जवाब ना आने पर, थोड़ी और ज़ोर से बिट्टू अगला स्वर खींचता है।

"आलोककक...."

दूसरे मंज़िल की बालकनी से, मोटा सा चश्मा लगाए, अलोक का बड़ा भाई नीचे की ओर झाँकता है। बिट्टू को देखकर आलोक के बड़े भाई की आँखों में खटास उतर आती है। शायद दोस्तों से मिलनसारी में ज़्यादा रूची नहीं रखते हैं ये! या फिर कोई और बात है?

बिट्टू : संतोष भैया! आलोक को भेजो ना नीचे।

संतोष : आलोक कहीं घूमने नहीं जाएगा। उसका घूमना बंद है। नंबर कम आए हैं उसके एग्ज़ाम में। अभी पढ़ाई करेगा वो।

बिट्टू : पर अभी तो गर्मी की छुट्टियाँ चल रही हैं ना! छुट्टियों में कौन पढ़ता है।

संतोष : अभी से पढ़ेगा, तभी तो स्कूल खुलने पर और भी मेहनत करेगा। छुट्टियाँ आवारा बच्चों के लिए होती हैं।

बिट्टू : अच्छा ठीक है! कहीं घूमने नहीं जाएंगे, पर हम लोग थोड़ी देर मिल तो सकते हैं।

संतोष, अपने मन ही मन सोचता है कि बिट्टू बहुत ज़िद्दी है। अब आ ही गया है, तो जाएगा नहीं बिना मिले। तो संतोष अपने मन में ही संतोष करते हुए, बिट्टू को देखता है।

संतोष : ठीक है! भेजता हूँ। तुम नीचे ही रुको।

थोड़ी देर में, गोल-मटोल सा बहुत ही प्यारा दिखने वाला, अपनी मासूम सी शक्ल पर उदासी लिए हुए आलोक, नीचे उतरता है। मुँह लटकाए हुए, आँखों पर लगे अपने मोटे से चश्में को ठीक करता हुआ अलोक, बिट्टू को देख ख़ुश नहीं लग रहा।

आलोक : आ जा! अंदर बैठते हैं।

बिट्टू : रुक तो! ये देख मेरी नई साइकिल। शेरा नाम रखा है इसका मैंने।

आलोक, बिट्टू से किसी बात पर नाराज़ है। इसलिए अपनी आँखों से, हल्के से साइकिल को निहारकर, अंदर रूम में चला जाता है।

एक अजीब सा सन्नाटा है। बिट्टू और आलोक आमने-सामने बैठे हैं। पर दोनों चुप हैं। बिट्टू, कमरे में आसपास रखी बहुत

सी किताबों पर नज़र घुमाता है। तभी उसकी नज़र पास रखे, थर्मोकोल से बने अपने स्कूल के मॉडल पर पड़ती है। जो दोनों ने साथ मिलकर स्कूल प्रदर्शिनी के लिए बनाया था।

बिट्टू : ये वही वाला मॉडल है ना? कितना मज़ा आया था ना उस दिन?

आलोक : बात मत घुमा। तुझे मेरे साथ वैसा नहीं करना चाहिए था।

दोनों एक दूसरे की आँखों में देखते हैं और यादों के पहियों पर सवार होकर, स्कूल के उस दिन की याद में खो जाते हैं, जिस दिन से आलोक ने बिट्टू से बात करना बंद किया था।

स्कूल में ख़ाली पीरियड के समय, बिट्टू और आलोक वाशरूम से निकल कर, पानी के नल के पास पहुँचते हैं। हाथ धोने गए आलोक के नल खोलते ही, पानी के तेज़ बहाव के कारण, पानी उछल के उसकी हॉफ पैंट के आगे वाले हिस्से पर गिरता है। और उसकी हॉफ पैंट गीली हो जाती है। दूसरी तरफ़ से आलोक के बचपन का प्यार सुधा, टीचर्स के स्टाफ़ रूम से डस्टर लिए, क्लास की तरफ़ जा रही होती है। क्लास और स्टाफ रूम के रास्ते के बीच ही वाशरूम का नल पड़ता है। जहाँ बिट्टू और आलोक खड़े थे। बालों को दो चोटी में रिबन से बांधे, स्कूल ड्रेस में, आलोक की तरह ही गोल-मटोल सी दिखने वाली सुधा, आलोक के सामने आ खड़ी होती है। आलोक, सुधा को देखकर थोड़ा शर्माता है, थोड़ा मुस्कुराता है। सुधा भी आलोक को देखकर, हल्की सी मुस्कान चेहरे पर रखे, आलोक को निहार

रही होती है। तभी सुधा की नज़र, आलोक की हॉफ पैंट पर गिरे पानी पर पड़ती है।

सुधा : (हँसते हुए) ये क्या हुआ?

आलोक, ये सवाल सुन, कुछ कहने ही वाला होता है कि बिट्टू आलोक की टांग खींचने के लिए, बीच में बोल पड़ता है।

बिट्टू : आलोक ने पैंट में सुसू कर दी है।

ये सुन सुधा हँसते हुए, क्लास की तरफ़ भाग जाती है। आलोक, बिट्टू को देखता रह जाता है। आलोक, बिट्टू से नाराज़ होकर, जैसे ही क्लास में घुसता है। सभी बच्चों की ज़ोर से हँसने के साथ आवाज़ आती है।

"पैंट में सुसू",

पैंट में सुसू!"

बिट्टू का मज़ाक़, आलोक के दिल को आहत करता है। बिट्टू और आलोक दोनों अपनी बेंच पर जाकर बैठ जाते हैं। आसपास के बच्चों के हसीं मज़ाक़ से परेशान आलोक, बिट्टू की तरफ़ देखता है और अपने अँगूठे के नाख़ून को, सामने वाले दाँतों के निचले कोने में लगाकर, बाहर की तरफ निकालते हुए-

आलोक : कट्टी! आज से हमारी दोस्ती ख़त्म।

यादों के पहिये दोनों को, वापस उसी कमरे में ले आते हैं। जहाँ दोनों चुप-चाप आमने-सामने बैठे हैं।

बिट्टू : सॉरी ना भाई! मैंने मज़ाक़ किया था। मुझे नहीं पता था की सुधा पूरी क्लास को बता देगी। मैंने तुझे कितना मिस किया तुझे मालूम है?

बिट्टू अपने हाथ की दो उँगलियों को, आलोक की तरफ़ बढ़ाता है।

बिट्टू : पुच्ची?

आलोक की आँखें भर आती हैं। आख़िर उसका एकलौता दोस्त बिट्टू ही था। आलोक भी अपने हाथ की दोनों उँगलियाँ, बिट्टू की उँगलियों पर रखता है। और दोनों अपनी-अपनी उँगलियों को अपने-अपने होंठो पर रख कर चूमते हैं, और नाराज़गी ख़त्म करते हैं।

आलोक : पुच्ची।

कट्टी और पुच्ची बचपन की दुश्मनी और दोस्ती के वो औज़ार थे। जिसमें बिना किसी को नुक़सान पहुँचाए, रिश्ते तोड़े और जोड़े जाते थे।

बिट्टू : हम लोग साइकिल से घूमने चलें? तू अपने घर वालों को मना ले। कल हम थोड़ा घूमते हैं।

आलोक : ठीक है! पर अभी एकदम से तो घर वाले मानेंगे नहीं, मैं दो-चार दिन बाद मिलता हूँ तुझसे। फिर हम दोनों सुबह से शाम तक घूमेंगे और ख़ूब मस्ती करेंगे। और बाक़ी दोस्तों से भी मिल लेंगे।

बिट्टू : ठीक है!

बिट्टू वहाँ से चला जाता है। और आलोक फिर से बिना मन के, किताबें खोल के, ख़ुद को उनमें डुबो देने का प्रयास करता है।

अध्याय 6
लम्हों की घंटी

रात गहरी हो चली है, आज देव अपने घर देरी से पहुँचा है। शायद आज सफ़र का ख़ुमार थोड़ा ज़्यादा रहा है। साइकिल के पीछे से, अपनी प्रेमिका की तस्वीर लिए देव, सीधा अपने कमरे में जा रहा होता है कि नौकर पीछे से आवाज़ देता है।

नौकर : खाना गरम कर दूँ?

देव : आज भूख नहीं है।

नौकर : कुछ ज़रुरत पड़े, तो मुझे बता दीजिएगा।

देव : हम्म! तुम सो जाओ।

ये सुन नौकर, घर के पीछे, अपने निवास की तरफ़ निकल पड़ता है। देव अपने कमरे में जा कर दरवाज़ा बंद कर लेता है। और अपने बिस्तर के सामने की तरफ, खिड़की के बगल मे लगी अलमारी को खोलता है। अलमारी सतरंगी कपड़े, रंग-बिरंगे जूते, कुछ टोपियों और कुछ रंगीन चश्मों से भरी पड़ी है। देव, तस्वीर को बिस्तर पर रखकर, अलमारी के नीचे वाले ख़ाने में से, सादे वस्त्र निकाल कर पहनता है। देव पहने हुए अपने

सतरंगी कपड़ों को उतार, पास रखी मेज़ पर रख देता है। और अलमारी में से एक पुराना सा दुपट्टा और एक क्रिस्टल का टुकड़ा निकालता है। बिस्तर पर रखी तस्वीर के पास जाकर, उसे पकड़ कर स्नेह पूर्वक देखता है। आँखों से चंद आँसू बहते हैं, पर देव उन्हें पोंछ, मुस्कुराते हुए तस्वीर को निहारता रहता है। मानो बहुत कुछ कहना चाहता हो।

देव : (तस्वीर से) ये दुपट्टा याद है? और ये क्रिस्टल का टुकड़ा? तुम्हारी निशानी के तौर पर, बस यही चंद चीजें है मेरे पास। पर मैं इन्हीं में तुम्हे जी लेता हूँ! और चाहिए भी क्या मुझे? वो दिन याद है? जब तुम्हारे पीछे दीवानों की तरह कई दिनों तक भागने के बाद, तुम मेरे साथ घूमने के लिए तैयार हुई थीं?

आँखों को मीचे देव, अपनी यादों में खोने लगता है। गले से चिपकी वो तस्वीर, और चेहरे पे संतोष भरी मुस्कान।

शाम के वक़्त, गाँव से दूर, खेतों के बीच से जा रहे रास्ते पर, देव और उसकी प्रेमिका खड़े हैं। थोड़ी दूर पर खड़ा सुधीर, आसपास के रास्तों पर नज़र रखे हुए है कि कहीं कोई आ ना जाए। अब दो प्रेमियों को मिलवाने का ज़िम्मा तो सुधीर के कंधे पर चाहे-अनचाहे आ ही गया था।

देव : नाम क्या है आपका?

काजल से भरी मोटी-मोटी आँखों को नीचे से ऊपर उठाए, एक हल्का स्वर गूँजता है-

"सरिता"

देव : बहुत प्यारा नाम है।

सरिता : आप जानते हैं ना कि मैं किन्नर हूँ? फिर क्यों इतने दिन से मेरा पीछा कर रहे हैं? आप जो रिश्ता सोच रहे हैं, वो हमारे बीच नहीं हो सकता। ये समाज और आपका परिवार इसके लिए राज़ी नहीं होगा।

देव : मैं प्यार करता हूँ आपसे!

सरिता : ये हवस भी हो सकती है! प्यार हमारे लिए, किसी भी मर्द के दिल में नहीं होता। आप ऐसे पहले इंसान थोड़े ही हैं जो इस रूप को देखकर दीवानें हुए हैं।

देव : गाली दे दीजिए! पर मेरे प्यार को हवस का नाम मत दीजिए। हमने बहुत कोशिश की, पर जब से आपको देखा है, दिन-रात बस आपका चेहरा ही याद आता है।

पीछे से सुधीर की आवाज़ आती है।

सुधीर : हाँ! गाली दे दीजिए और दो-चार थप्पड़ भी लगा दीजिए। थोड़ा ये प्यार का भूत उतरे, हमसे ये प्रेमी जोड़ो की रखवाली का काम नहीं होता है। हमारे माँ-बाप सही कहते हैं, "संगत सुधार लो" पर हम ही बुड़बक हैं जो उनकी बात सुनते नहीं हैं।

देव : इसकी बातों पर ध्यान मत दीजिएगा, ये ऐसे ही टांग खींचता रहता है।

सरिता : तो अगली बार अकेले आईएगा।

देव : आप हम से अगली बार मिलेंगे?

शरमाते हुए सरिता, अपनी नज़रे नीची कर लेती है।

देव : बताईए ना?

सरिता : हमें नहीं पता कि हमें आपके साथ कोई रिश्ता रखना भी चाहिए या नहीं? ये सही होगा की नहीं? पर आपकी ज़िद हमारे दिल में एक आस तो जगा रही है। दिल कहता है एक मौक़ा दो, पर हमें पता है कि ये समाज इस रिश्ते को आगे नहीं बढ़ने देगा। तो हम आपको ज़्यादा उम्मीद नहीं देंगे, पर आपकी खुशी के लिए हम आपसे मिलेंगे ज़रूर।

देव : आप इतना ज़्यादा मत सोचिए, कुछ काम उस ऊपर वाले पर भी छोड़ देने चाहिए।

सरिता, अपनी चोटी में बंधे बालों के अलावा, कुछ लटें जो आगे उसकी आँखों पर आ रही थीं, उसे कानों के पीछे समेटते हुए, कुछ सोचती है।

सरिता : हमें साइकिल पर घूमना बहुत पसंद है। तो आप हमें कल यहीं, इसी जगह, साइकिल पर, शाम से रात के वक़्त के बीच मिलिएगा। और थोड़े रंगीन कपड़े पहन कर आईएगा, हमें रंगों से बहुत प्यार है। हमारे पास एक रेडियो है। हम वो ले आएंगे। साइकिल पर हम दोनों गाना सुनते हुए, सैर पर चलेंगे। और हाँ! टोपी और चश्मा भी पहन लीजिएगा। हम एक दुपट्टा चेहरे पर बाँध लेंगे! इससे आपको और हमको कोई पहचान भी नहीं पाएगा और हम सैर का मज़ा भी ले लेंगे।

देव : बात तो आपकी ठीक है! पर सैर करते-करते शाम से रात हो जाएगी और अँधेरे में चश्मा पहनकर, हम साइकिल कैसे चलाएंगे? कुछ दिखेगा ही नहीं, गिर जाएंगे हम दोनों।

सरिता : हमारी बात मंज़ूर है तो मिलिए, नहीं तो कोई बात नहीं।

देव : ठीक है! हम आ जाएंगे चश्मा पहन के।

सरिता : हम टॉर्च भी ले आएंगे, चिंता मत कीजिए। आपको गिरने नहीं देंगे। टॉर्च की रौशनी बहुत होती है रास्ता दिखाने के लिए।

देव और सरिता दोनों एक दूसरे को देख मुस्कुरातें हैं। और उस शाम के साथ ही वो मुलाक़ात भी ढल जाती है।

"मन में हैं उम्मीदें,

दिमाग़ कुछ और दोहराता है,

दिल चाहे एक मखमली दुनिया,

पर वो कल कभी नहीं आता है।

भाप से ढके आईने पर,

हाथों से एक तस्वीर बनाता है,

उड़ जाती है भाप,

फिर वही चेहरा नज़र आता है,

आएगा वो पल कभी,

इस इंतज़ार में तू अपना आज गँवाता है,

पर वो कल कभी नहीं आता है।

आज खोया है उस दुनियाँ में,

जहाँ हर-एक सपना सच होता नज़र आता है,

वो भटका हुआ मुसाफ़िर ये भूल जाता है,

कि वो कल कभी नहीं आता है।

करता है वो लाख जतन,

जो है नहीं उसे पाने को,

ख़ुद को खो-कर,

वो किसी और को पाता है,

पर वो कल कभी नहीं आता है।

जी ले तू आज अपना,

क्यों हर दिन भरमाता है,

मिला नहीं वो कल उसको,

जो ख़ुद ईश्वर कहलाता है,

समय का चक्र है ये,

इससे कोई नहीं बच पाता है,

क्योंकि, वो कल कभी नहीं आता है।

जो हो ना सका तू आज अपना

क्यों कल की आस लगाता है,

आ भी जाए अगर वो पल तेरा,

तो तू उसे आज समझ ठुकराता है,

पर वो कल कभी नहीं आता है।

लौट आ ओ बन्दे!

ये आज तुझे बुलाता है,

खोल ये आँखें तेरी,

क्यों इस छलावे में आता है।

ये कल है कल,

जो कभी नहीं आता है।"

कुर्ता-पैजामा वाले व्यक्ति की पंक्तियों से, दद्दू का फिर से सामना होता है। इस बार जगह भी अलग और समय भी बिलकुल अलग है। सूर्योदय का समय है। पेड़ों एवं बग़ीचों के बीच से निकली एक सँकरी गली के अंत में, दद्दू के ठेले

को रोक कर, कवि अपनी कविताओं से दद्दू पर ज़ुल्म बरसा रहे हैं।

व्यक्ति : अब बोलिए दद्दू! ये वाली कविता तो ज़ोरदार है ना?

दद्दू, अपना चश्मा उतारकर अपनी आँखों को मीचते हैं, और फिर आँखें खोलकर, उगते सूरज की तरफ़ देखते हैं। और चश्मा पहन कर, गले की ख़राश को ठीक करते हुए-

दद्दू : वो कल कभी नहीं आता है!

व्यक्ति : हाँ दद्दू! हाँ! वो कल कभी नहीं आता है।

दद्दू : सही बात है! पर तू? तू क्यों चला आता है? बार-बार मुझे अपनी कविताओं से तंग करने।

व्यक्ति : क्योंकि मुझे कोई सुनता नहीं है।

दद्दू : तो मैं ही क्यों सुनूँ?

व्यक्ति : मैं आपके हाथ जोड़ता हूँ दद्दू! एक दूसरी कविता भी सुन लो।

दद्दू : चल! भागता है की नहीं, काम पर जाने दे मुझे, और तू भी कुछ काम धंधा कर। सिर्फ ऐसे क़लम चलाने से पेट नहीं भरता है।

व्यक्ति : ठीक है दद्दू! जाता हूँ। कलाकार की क़द्र ही नहीं है इस ज़माने में। लाओ! एक सेब खिला दो, भूख लगी है।

दद्दू उस व्यक्ति को एक सेब और एक पपीता देते हैं और व्यक्ति पलट कर वहाँ से जाने लगता है।

दद्दू : मेरी बात पर ग़ौर करना। कब तक माँग के खाएगा?

व्यक्ति बिना पीछे मुड़े, सेब को ज़ोर से अपने दांतो से लगा कर काटता है। पपीते को झोले में डाल, अकड़ कर नौटंकी भरे स्वर में कहता है-

व्यक्ति : सेब माँगा है दद्दू, नसीहत नहीं।

दद्दू : वसीहत?

व्यक्ति : वसीहत क्या दोगे आप? एक ठेले के अलावा है ही क्या तुम्हारे पास?

दद्दू : (हँसते हुए) अक्ल के अंधे, मैं तुझसे बात नहीं कर रहा। वो पीछे से मेरे घर पर काम करने वाला, मेरा ख़्याल रखने वाला, मेरा वसीहत आ रहा है।

एक अधेड़ उम्र का आदमी, पीछे की सँकरी गली से होता हुआ, दद्दू के पास पहुँचता है। और कवि महोदय सेब खाते हुए, वहाँ से अपनी राह पर निकल जाते हैं।

दद्दू : क्या हुआ वसीहत? तू यहाँ?

वसीहत : हाँ दद्दू! वो! कल मैं आपको बताना भूल गया था। मैं, आज कुछ दिनों के लिए अपने गाँव जा रहा हूँ। मुझे वहाँ ज़रूरी काम है, तो घर की ये दूसरी चाबी आप रख लो।

और कुछ दिन अपना ख़्याल रखना। मैं बस यूँ जाऊँगा और यूँ वापस आ जाऊँगा।

दद्दू : अरे पागल! इतनी चिंता मत किया कर मेरी, मैं रख लूँगा अपना ख़्याल। तू जा अच्छे से और जैसे काम पूरा हो जाए, आ जाना।

वसीहत मुस्कुराता हुआ वहाँ से वापस चला जाता है। और दद्दू ठेले को धकेलते हुए, अपने रोज़ के सफ़र पर निकल पड़ते हैं।

सूरज अपने हिस्से का, धरती का आधा पहिया पूर्ण कर, दूसरे आधे पहिये की तरफ़ बढ़ रहा था। शाम होने वाली थी। एक लम्बे से बाँस के डंडे के ऊपर, सूखी झाड़ियाँ एक रस्सी से बाँध, हाथ से उसे थामें, तेज़ी से दौड़ते हुए कुछ बच्चों के क़दम दिखाई दे रहें हैं। पतंग को लूटने के लिए अपनी नज़रें आसमान पर गड़ाए हुए कुछ बच्चे, पतंग की तरफ़ हवा की तेज़ी से ऐसे बढ़ रहे थे, मानो शेर हिरन के पीछे पड़ा हो। ये वो झुंड था, जो अक्सर पतंगों को लूटकर पीठ पर बाँध लेता था। और फिर दूसरी पतंग लूटने निकल पड़ता था। पतंगों को लूटते बच्चों के झुंड को अपने साइकिल की घंटी से आगाह करता बिट्टू, अपने घर के कुछ काम निपटा कर घर की तरफ़ बढ़ रहा होता है। तभी आँगनबाड़ी से थोड़े दूर की ख़ाली सड़क पर, एक अनजान सा व्यक्ति, बिट्टू का रास्ता रोक लेता है। काला रंग, चढ़ी हुई लाल आँखें, भरी-भरी दाढ़ी और मूँछ, मटमैले कपड़े और मुँह में गुटका चबाता हुआ ये व्यक्ति, बहुत ख़तरनाक सा प्रतीत हो रहा था। बिट्टू उस व्यक्ति को देख, काफ़ी डर जाता है।

व्यक्ति : ला! मुझे अपनी साइकिल दे। मुझे थोड़ा काम है। और तू यहीं रुकना, मैं साइकिल लेकर जाऊँगा और थोड़ी देर में वापस यहीं, साइकिल लाकर दे दूँगा।

सहमा हुआ सा बिट्टू, ये नहीं समझ पा रहा था कि इस वक़्त वो क्या प्रतिक्रिया दे? मन में कई सवाल एक साथ उबाल मार रहे थे।

“कौन है ये व्यक्ति?

इसने मुझे ही क्यों रोका?

इसे साइकिल देना ठीक रहेगा या नहीं?

क्या करूँ?”

आसपास नज़र दौड़ाने के बाद, किसी को वहाँ ना पाकर बिट्टू, मन ही मन सोचता है।

“आसपास कोई है भी नहीं जिससे मदद माँगू।”

चेहरे से पसीने को पोंछते बिट्टू के हाथ से, वो व्यक्ति साइकिल ख़ुद ही छीन लेता है और वहाँ से निकल जाता है।

बिट्टू बस एक टक उसे ताकता रहता है। और वहाँ खड़ा, अपनी साइकिल को जाते हुए देखता रहता है। समय धीरे-धीरे बढ़ता है और क़रीब एक घंटे बीत जाते हैं। सड़क के कोने में निराश बैठा बिट्टू, अभी भी उस व्यक्ति की राह तक रहा है। इस इंतज़ार में कि कब वो बिट्टू की साइकिल वापस लाएगा और बिट्टू

घर की तरफ़ रवाना होगा। उदास बैठा बिट्टू, "घर जाकर क्या कहेगा?" इसी सोच में डूबे अपने मन को, अंदर ही अंदर मनाता है। बिट्टू नज़रें नीची कर, मुँह लटकाकर बस इंतज़ार किए जा रहा था। तभी उसकी नज़रों में, सड़क पर, उसके क़रीब आतीं कुछ परछाईयाँ दिखाई पड़तीं हैं। बिट्टू धीमे से ऊपर की तरफ़ देखता है। मोटू और भूरा, बिट्टू की तरफ़ शैतानी हँसी के साथ घूरते हुए, उसे घेर कर खड़े हैं।

मोटू : मैच के पैसे लेकर भागा था ना?

भूरा : (गाँव की भाषा में) फस गओ ना?

मोटू और भूरा, एक दूसरे को देखकर बहुत ख़ुश होते हैं। आज! इतने दिन बाद उन्हें बिट्टू से बदला लेने का मौक़ा मिल ही गया।

मोटू : भूरा! बहुत तेज़ है ये बिट्टू। चौकन्ना रहना, अगर अभी ये भागे, तो तुरंत इसे पकड़ लेना।

भूरा : (गाँव की भाषा में) मोसे तेज भजेगो जे?

आपस की बातचीत के बावजूद, बिट्टू के चेहरे पर कोई प्रतिक्रिया ना दिखने पर, मोटू और भूरा थोड़े चिंतित होते हैं। और ग़ौर से बिट्टू के उदास चेहरे को देखते हैं। मोटू, भूरा के कान में फुसफुसा के पूछता है-

मोटू : ये उदास लग रहा है।

भूरा : (गाँव की भाषा में) नाटक कर रओ है।

मोटू फिर से एक नज़र बिट्टू को ध्यान से देखता है।

मोटू : नहीं! सच में उदास लग रहा है। चल पूछते हैं, तू मारना मत इसे!

भूरा : (गाँव की भाषा में) मोये लगो तू मारेगा।

मोटू और भूरा, बिट्टू के पास बैठ कर, उससे उसकी उदासी की वजह पूछते हैं। काफ़ी संकोच के बाद बिट्टू, उन्हें अपनी साइकिल के साथ हुए हादसे के बारे में बताता है। सब कुछ सुनने के बाद मोटू और भूरा के मन में संदेह पैदा होता है कि क्या ये उसी व्यक्ति का काम है, जिसके बारे में वो सोच रहे हैं?

मोटू : तू भी वही सोच रहा है, जो मैं सोच रहा हूँ।

भूरा : छुट्टन चोर?

मोटू : हाँ!

बिट्टू : कौन छुट्टन चोर?

मोटू : वही! जो तेरी साइकिल ले गया।

बिट्टू : वो तो आदमी था एक।

मोटू : वही छुट्टन चोर है। ऐसे ना जाने कितने बच्चों और लोगों की साइकिल चुरा कर बेच आता है वो। फिर साइकिल कभी वापस नहीं मिलती।

भूरा बिट्टू को सांत्वना देते हुए।

भूरा : (गाँव की भाषा में) अब जो हो गओ, सो हो गओ। भूल जा! चल! अपने घर चल, साइकिल तो चोरी हो गओ!

बिट्टू दोनों की बात सुन, दिमाग़ी सदमें की राह से होता हुआ, दुख की तरफ़ अपनी भावनाओं को बहता हुआ पाता है। और ज़ोर-ज़ोर से चिल्ला के रोने लगता है।

बिट्टू : नहीं! मेरा शेरा मुझे छोड़ के नहीं जा सकता, वापस आ जाओ शेरा! तुम लोग झूठ बोल रहे हो।

मोटू और भूरा दोनों, उसे चुप कराने की कोशिश में लगे हैं। मोटू, भूरा से पूछता है-

मोटू : शेरा कौन है अब? मर गया क्या?

बिट्टू : मेरी साइकिल का नाम है शेरा।

मोटू : फिर तो वो वापस नहीं आने वाली! छुट्टन चोर के हाथों जो साइकिल गई, समझो गई।

बिट्टू और ज़ोर से दहाड़े मार के रोने लगता है। मोहल्ले की पुलिया तक मोटू और भूरा, रोते हुए बिट्टू का हाथ पकड़ कर, उसे खींचते हुए ले आते हैं।

बिट्टू : छोड़ दो मुझे! उस आदमी ने वहाँ रुकने को कहा था, वो मेरी साइकिल ज़रूर लाएगा।

बिट्टू, भूरा के हाथ को अपने दाँत से काटने का प्रयास करता है। डर के कारण भूरा उसे छोड़ देता है। और मोटू की पकड़ से

ख़ुद को छुड़ाकर बिट्टू, वापस उसी जगह भाग जाता है, जहाँ से उसकी साइकिल छुट्टन चोर लेकर गया था।

मोटू : भूरा! जा इसके घर पर बता दे। मैं इसको वहीं पकड़ के रखूँगा।

भूरा : हओ।

मोटू, बिट्टू का पीछा करता है। और भूरा मोहल्ले के अंदर, बिट्टू के घर की तरफ़ भागता है। बिट्टू के परिवार वाले जैसे-तैसे बिट्टू को मना कर, वहाँ से अपने घर तक लाते हैं। मोहल्ले और आसपास के क्षेत्र में, बिट्टू की साइकिल की चोरी की ख़बर, मोटू और भूरा के माध्यम से, बिना किसी टीवी या अख़बार के, भरपूर प्रसार की जा चुक थी। उदास बिट्टू, अपनी साइकिल की याद में, घर के एक कोने में बैठा हुआ है। ये देख बिट्टू की माँ, उसे उसका मन पसंद खाना बना के देतीं हैं। पर बिट्टू उसे खाने से इंकार कर देता है।

माँ : बेटा! ऐसे खाना छोड़ देने से साइकिल वापस नहीं आ जाएगी।

बिट्टू : पर मेरी साइकिल ही क्यों ले कर गया वो? मैंने तो उसका कुछ बिगाड़ा भी नहीं था।

माँ : ऐसा होता है बेटा जिंदगी में, कई बार आपकी कोई ग़लती ना होते हुए भी, आपको दूसरों की वजह से दुख झेलना पड़ता है।

बिट्टू : पर अब मैं क्या करूँ?

माँ : हम लोग देखते हैं कुछ। कुछ समय में तुझको दूसरी साइकिल दिला देंगे। बस अब उदास मत हो। खाना खा ले!

बिट्टू इस आश्वासन से थोड़ा अपने मन को बहलाता है। पर पूरी तरह ख़ुशी तो उसके चेहरे पर बस शेरा ही ला सकती थी।

सुबह के समय, बिट्टू के मोहल्ले के सभी बच्चे, अपने-अपने थैले में कचरा लिए दद्दू का इंतज़ार कर रहे होते हैं। दद्दू के आने का समय बीत चुका होता है। पर दद्दू वहाँ से अब तक नहीं गुज़रे। बिट्टू भी अपने कचरे का थैला लिए, सभी बच्चों के पास आता है।

चुन्नू : आज दद्दू आए नहीं लगता है।

वीरेंद्र : हो सकता है पहले निकल गए हों।

पप्पू : कैसे निकल गए होंगे? मैं तो कितनी बार आ कर देख चुका हूँ। दद्दू आए ही नहीं शायद।

बिट्टू चुप-चाप सबकी बातें सुन रहा होता है।

चुन्नू : क्या हुआ बिट्टू? इतना उदास क्यों है तू?

पप्पू : इसकी साइकिल वो छुट्टन चोर ले गया ना!

वीरेंद्र : हम लोग चल कर ढूँढे क्या उसे? फिर बिट्टू की साइकिल वापस आ जाएगी।

पप्पू : अरे! तुम लोग छुट्टन चोर को जानते नहीं हो। मैंने सुना है कि वो बहुत बुरा आदमी है। उसको बहुत नशे की

लत है, इसलिए वो नशा करने के पैसों के लिए, लोगों की साइकिल और गाड़ियाँ चुराता है। और चोर बाज़ार में बेच देता है। अब तक तो उसने बिट्टू की साइकिल बेच भी दी होगी। अब नहीं मिलेगी।

वीरेंद्र : कितनी मेहनत से बिट्टू ने साइकिल को कलर कर के अच्छा बनाया था। मैंने तो सोचा था, एक दिन हम लोग साइकिल पे खूब घूमेंगे। पर अब बिट्टू के पास साइकिल नहीं है।

चुन्नू : तो क्या हुआ? हम लोग फिर भी घूमेंगे। बिट्टू मेरी साइकिल पर पीछे बैठ के घूमेगा।

वीरेंद्र : फिर मुन्नू का क्या होगा?

चुन्नू : उससे मेरी लड़ाई हो गई है, तो अब मैं उसको लेकर नहीं जाऊँगा।

पप्पू : दद्दू तो आ नहीं रहे। चलो! हम लोग अब घर जाते हैं। और फिर घूमने निकलेंगे। क्यों बिट्टू?

बिट्टू उन लोगों को देखता है और बिना कुछ बोले, वहाँ से चला जाता है।

रात के अँधेरे में देव, सरिता की तस्वीर को अपनी साइकिल पर सैर करवाने निकला है। चढ़ी हुई लाल आँखों पर रंगीन चश्मा और होठों पे हल्की मुस्कान, किसी मीठी सी याद का एहसास दिला रही है। साइकिल की बजती हुई घंटी के साथ, लम्हों की घंटी, उसे यादों की दुनिया में ले जाकर पटक देती है।

शाम और रात के बीच के वक़्त, गाँव के बाहर देव, रंगीन कपड़ों, चश्में, जूते और टोपी पहने, सरिता को साइकिल की सैर पर लेकर निकला है। एक हाथ में रेडियो और दूसरे हाथ से टॉर्च पकड़ी सरिता, मिट्टी की सड़क पर गड्ढा आने की वजह से, बिना किसी सहारे के पीछे की ओर गिर पड़ती है। घबराया हुआ देव, साइकिल को छोड़ सरिता के पास आता है।

देव : आपको लगी तो नहीं? मैं माफ़ी चाहता हूँ। वो.. मैं कुछ सोच रहा था, तो गड्ढा देख नहीं पाया।

सरिता : मैं इसलिए नहीं गिरी की सड़क के गड्ढे पर आपका ध्यान नहीं था। तो माफ़ी मत मांगिए, इसमें आपकी ग़लती नहीं है। मैं ठीक हूँ! वो मैं गिरी इस वजह से कि दोनों हाथों में सामान था और गिरते वक़्त पकड़ने के लिए कोई सहारा नहीं था।

देव : मैं हूँ ना! आपका सहारा। मुझे पकड़ लेते।

सरिता : मैं अपने साथ आपको भी गिरा देती।

देव : मुझे अच्छा लगता गिर के। मैं तो अपने जीवन का हर पल आपके साथ जीना चाहता हूँ। अब चाहे वो गिरना हो, उठना हो, सुबह हो, शाम हो, रात हो, या जो भी वक़्त, जो भी चीज़ें, बस सब आपके साथ, आपके पास रह कर करना चाहता हूँ।

सरिता : हमारे चाहने से सब कुछ नहीं होता ना।

देव : होता है! अगर हमें विश्वास हो तो।

सरिता : अच्छा लगता है, आपको इतने विश्वास से भरा देख कर। मुझे भी आम इंसान की तरह जीने की उम्मीद मिलती है।

देव : इतने दिन हो गए हमें मिलते हुए, घूमते हुए, बात करते हुए, आपको अभी भी बस उम्मीद ही मिलती है। विश्वास नहीं?

सरिता : जो इस दुनिया में अकेले रहना सीख गया हो, उसे फिर से विश्वास करने में समय लगता है, कि दुनिया में वो अकेला नहीं। दुनिया में वैसे तो बहुत लोग हैं, पर सब अपने नहीं होते ना!

देव : सबका मुझे नहीं पता। मैं तो हूँ आपका और बस आपका।

देव, सरिता के चेहरे पर बंधा हुआ दुपट्टा हटाता है।

देव : आज के बाद आप ये दुपट्टा चेहरे पर बांध के मेरे साथ नहीं घूमेंगी।

सरिता : कोई हमें साथ देख लेगा, तो अच्छा नहीं होगा। जो चंद लम्हें मुझे ख़ुशी के मिल रहे हैं, मैं इस पर किसी की बुरी नज़र नहीं चाहती।

देव : कुछ नहीं होगा। ज़िन्दगी में इतना डरना अच्छा नहीं होता।

सरिता देव को देखकर मुस्कुराती है, और उसका हाथ पकड़ कर खड़ी हो जाती है। देव अपनी साइकिल को उठा कर स्टैंड पर

लगाता है। आसपास ढूँढने के बाद, रास्ते पर देव को एक रस्सी का टुकड़ा पड़ा मिलता है। देव सरिता से टॉर्च लेकर, उसको चालू करता है और रस्सी के सहारे साइकिल के आगे बांध देता है।

देव : अब टॉर्च की ज़िम्मेदारी तो साइकिल ने उठा ली। अब आप एक हाथ से मुझे पकड़ना और दूसरे से रेडियो। मैं जल्द ही रेडियो को रखने का भी कुछ बंदोबस्त करता हूँ, फिर आप दोनों हाथों से मुझे पकड़ कर, हमारे इस सफ़र का मज़ा उठा सकेंगी।

सरिता मुस्कुराती है। तभी कौवों का एक झुंड वहाँ से उड़ता हुआ जाता है।

देव : इतने सारे कौवें! पता नहीं क्यों कौवों को देख, मुझे अच्छा नहीं लगता।

सरिता : क्यों अच्छा नहीं लगता? कौवों को तो हमारा पूर्वज कहा जाता है। उनसे कैसा डरना!

देव : कहने को तो बहुत कुछ कहा जाता है।

देव साइकिल की तरफ़ मुड़ता है। तभी सरिता उसका हाथ पकड़ लेती है। देव उस स्पर्श को अपनी अंतरात्मा तक महसूस करता है, और पलट कर सरिता को देखता है। सरिता अपने गले से लाल धागे में बांधे क्रिस्टल के टुकड़े को निकालती है और अपना दुपट्टा और क्रिस्टल का टुकड़ा, देव को देते हुए-

सरिता : ये रहा दुपट्टा! आज से मैं इसे चेहरे पर नहीं बाँधुंगी और ये क्रिस्टल का टुकड़ा मेरे साथ बचपन से है। मुझे इस दुनिया में लाने वाले ने शायद यही बस मेरे लिए छोड़ा था।

ये मेरे लिए, मेरी ज़िन्दगी से भी ज़्यादा प्यारा है। आज से ये आपका हुआ।

पास से, तेज़ी से एक मोटरकार निकलने से, देव की यादों का सफ़र टूटता है। और उसे एहसाह होता है, कि यादों में खोया हुआ वो, भोला की चरखी को पीछे छोड़ आया है। अपनी साइकिल को घुमाते हुए देव, वापस चरखी की तरफ़ निकल जाता है।

अध्याय 7

पहियों का सफ़र

मोटरसाइकिलों पर सवार कुछ लोग, बिट्टू के मोहल्ले से थोड़े दूर खड़े दो-तीन लोगों को घेर लेते हैं। मोटरसाइकिल की आवाज़ें, रात के अँधेरे में काफ़ी गूंज रही थीं। हाथों में हॉकी और कुछ डंडे लिए ये लोग, लड़ाई के विचार से आएँ हैं आज। दुर्भाग्यवश ये दो-तीन व्यक्ति जो इस झुंड के चपेट में आ गए हैं, अपने-अपने चेहरे के पसीने को पोछ, ख़ुद को उनकी हॉकी और डंडो को समर्पित करने को तैयार खड़े हैं। तभी बबलू भैया और उनकी जीप में सवार चार-पाँच और लड़के वहाँ पहुँचते हैं, और वहाँ खड़े झुंड को देख, वहीं रुक जाते हैं। बबलू भैया, वहाँ झुंड के बीच में फंसे व्यक्तियों को पहचान जाते हैं। ये वही लोग हैं, जो उस क्षेत्र में टेलीविज़न केबल चलाते हैं। उनमें से एक व्यक्ति, बबलू भैया के दूर के रिश्ते का भाई है। पतला और लम्बा शरीर, घुँघराले बाल और हल्की हरी आँखों वाले इस व्यक्ति का नाम है सिद्धू।

बबलू : क्या हो गया सिद्धू?

सिद्धू : पता नहीं भैया। ये लोग अभी आए हैं और आकर हमें घेर लिया है।

बबलू : तू जानता है इन्हें?

सिद्दू : हाँ भैया! ये वो दूसरे एरिया और चैनल के टेलीविज़न केबल वाले हैं।

तभी भीड़ में से एक हट्टा-कट्टा युवक सामने आता है। ये युवक, बबलू भैया को पहचानता था पर बबलू भैया के लिए वो अपरिचित ही था।

युवक : भैया! ये सिद्दू लोगों ने हमारे एरिया में आकर, हमारे केबल के सारे कनेक्शन, हर जगह से इतने छोटे-छोटे टुकड़ों में काटे हैं कि करीब एक महीने से हम ढूँढ रहे हैं की वायर्स कहाँ-कहाँ से कटे हैं। हम लोगों का पूरा धंधा बंद हो गया है। आज जाकर ये लोग हमारें हाथ लगे हैं।

बबलू : क्यों सिद्दू? ये सही बोल रहा है?

सिद्दू, अपने किए पर शर्मिंदगी महसूस करते हुए, अपने सर को हल्का सा हिलाता है। पर पूर्णतः अपनी ग़लती स्वीकार करना, किसी भी इंसान की फ़ितरत के विपरीत होता है।

सिद्दू : पर बाद में इन लोगों ने भी हमारे केबल को वैसे ही काटा ना।

युवक : शुरुआत तुमने की थी। हमें जब पता चला, तो हम भी कुछ तो करेंगे ना! तुमने ये शुरुआत की ही क्यों?

बबलू : हाँ सिद्दू! ऐसा करना तो ग़लत है ना? तुम्हे ये करने की क्या ज़रुरत पड़ गई?

सिद्धू : भैया वो! (गहरी साँस लेते हुए) इन लोगों का धंधा बहुत अच्छा चल रहा था, और अब हमारे एरिया के लोग भी इनका टेलीविज़न केबल लगवाने लगे थे। मेरा धंधा बहुत नुकसान में चल रहा था, तो मैंने सोचा की इस तरीके से इनका धंधा बंद हो जाएगा, और फिर दोनों एरिया में मेरा ही धंधा चलेगा। और हो भी गया था सब ठीक से, बस आख़री में अपना एक आदमी इन लोगों के हाथ लग गया और फिर अपना नाम पता चल गया।

युवक : धंधा करना है तो सही तरीके से करो ना! दुसरो को गिरा के आगे बढ़ तो जाओगे, पर फिर कभी तुम भी तो गिरोगे, तब कौन संभालेगा?

बबलू : बात सही है सिद्धू, यहाँ पूरी ग़लती तुम्हारी है।

बबलू भैया युवक की तरफ़ देखते हुए।

बबलू : तो फिर लड़ाई झगड़े से तो मसला सुलझेगा नहीं! क्या चाहते हैं आप?

युवक : भैया! हम धंधे वाले लोग हैं। लड़ाई से कोसों दूर रहते हैं। पर जब कोई रास्ता नहीं बचा, तो हमें मजबूरी में ये क़दम उठाना पड़ा। आप ही बताओ, एक महीने से केबल सर्विस बंद है, सभी ग्राहक जिनके यहाँ केबल कनेक्शन हैं हमारे, उन लोगों ने केबल हटवा दी है। आप तो बस इनसे कह दो कि हमारा नुकसान भरें और हमें बताएँ की कहाँ-कहाँ से वायर्स काटे हैं, तो हम उन्हें वापस जोड़ कर अपना धंधा फिर से शुरू कर सकें।

सिद्धू : नुकसान तो हमारा भी हुआ है, यही समस्या हमारी भी है।

युवक : ग़लती हमारी नहीं थी।

बबलू भैया थोड़ा विचार करते हैं और दोनों पक्षों को देखते और सुनते हुए, मन में एक तरक़ीब निकालते हैं, जिससे दोनों पक्ष अपना-अपना धंधा वापस अच्छे से चालू कर सकें।

बबलू : देखो! अब जो हो गया, सो हो गया। मुझे ये लगता है कि तुम दोनों को मिल कर, एक दूसरे की मदद से, वापस दोनों के धंधे को खड़ा करना चाहिए। मेरे पास एक प्लान है, अगर तुम दोनों को जमे तो बताता हूँ।

सिद्धू और युवक, एक दूसरे को थोड़े गुस्से से देखते हैं। पर ये एहसास उन दोनों को भी है कि लड़ाई भूख से बड़ी नहीं होती। जब बात धंधे की है, तो हाथ मिला लेने में ही भलाई है। दोनों बबलू भैया की तरफ़ देख अपने सर को हिलाकर, हामी भरते हैं।

बबलू : मेरे एक परिचित हैं, जो फ़िल्मों का कारोबार करते हैं। तो आप लोग आपस में पैसे जोड़कर, उनसे फ़िल्मों का टेलीकास्ट राइट्स ले लो, और कुछ समय तक फ़िल्में दिखाकर, अपने-अपने ग्राहकों को मनोरंजन सेवा दो। उस बीच जहाँ-जहाँ से आप दोनों ने एक दूसरे के केबल काटे हैं, वो जगह एक दूसरे को बताओ और अपने-अपने केबल के वायर्स को फिर से ठीक करो या बदलो! आपको जो ठीक लगे। ऐसे में आपके केबल भी ठीक हो जाएंगे और ग्राहक भी छोड़ के नहीं जाएंगे।

सिद्धू और युवक इस बात से थोड़े प्रसन्न होते हैं और इस बात को मान कर, वापस नई शुरुआत करने पर विचार करते हैं।

युवक : ठीक है! हमें मंज़ूर है।

सिद्धू : हमें भी मंज़ूर है।

बबलू : ठीक है! फिर दोनों हाथ मिलाओ और गले मिलो! और लग जाओ अपने-अपने काम पर।

सिद्धू और युवक गले मिलते हैं। बबलू भैया उन्हें देख कर मुस्कुराते हैं, और वापस अपनी जीप में बैठ, अपने दोस्तों के साथ खुली जीप पर रात की ठंडी हवा का लुत्फ़ उठाने, अपने सफ़र पर चल पड़ते हैं।

दो दिन के अंतराल के बाद, सुबह मोहल्ले की चहल-पहल के बीच सिद्धू और उसके कुछ साथी घर-घर जाकर एक पर्चा सब को थमाते जा रहे थे, जिसमें उनके केबल टीवी का प्रचार छपा था।

"देखिए नई फ़िल्में, अब अपने टीवी पर,

सेवाएँ कुछ ही दिनों के लिए उपलब्ध।"

पर्चा पढ़ते ही मोहल्ले के सभी लोगों और आसपास के क्षेत्र में उत्साह की लहर दौड़ पड़ती है। हर जगह चर्चाएँ शुरू होती हैं टेलीविज़न पर आने वाली नई फ़िल्मों की, और इन चर्चाओं में कोई भी रूची ना लेता हुआ बिद्दू, मोहल्ले के बाहर दद्दू का इंतज़ार कर रहा था। आज हाथ में कचरे की थैली नहीं थी और

ना आसपास कोई और बच्चा। इतने सालों से दद्दू के नियमित तौर पर आने-जाने की आदत का, सबसे ज़्यादा असर शायद बिट्टू पर ही पड़ा था। शेरा से दूर होने से उदास बिट्टू, दद्दू को भी कई दिनों से वहाँ ना देख, अंदर ही अंदर बहुत बेचैन था। उदासी और बेचैनी ने एक साथ बिट्टू को अंदर से काफ़ी शांत कर दिया था। मोहल्ले के पुल के पास खड़े बिट्टू को देख, टाइगर उसके पास दौड़ा-दौड़ा आता है। और बिट्टू को देख कर ज़ोर से भौंकता है। किसी विचारों में खोया बिट्टू, अपने विचारों की दुनिया से बाहर आता है, और नीचे बैठ कर टाइगर को सहलाता है।

बिट्टू : नहीं आ रहे वो टाइगर। पता नहीं कहाँ चले गए? दद्दू को लगातार चार-पाँच दिन छुट्टी मारते कभी नहीं देखा मैंने। क्या वो हम लोगों को छोड़ कर भाग गए होंगे? या उन्हें भी किसी ने चोरी कर लिया होगा, शेरा की तरह?

बिट्टू की दुःखियारी बातों से बोर हो कर टाइगर, दूसरे कुत्तों को देख, उनका पीछा करता हुआ वहाँ से दूर निकल जाता है। बिट्टू फिर अपने अकेलेपन की शांति में खो जाता है। तभी बहुत सारे क़दम, तेज़ी से बिट्टू की तरफ़ भागते हुए नज़र आते हैं। मोहल्ले के बच्चों के तेज़ी से दौड़ते ये क़दम, बिट्टू के पास आकर रुकते हैं। और ज़ोर-ज़ोर से हाँफ़ने की आवाज़ों के बीच, हल्की-हल्की जीत की ख़ुशी की मुस्कान, उन बच्चों के चेहरों पर दिखाई देती है। तभी वीरेंद्र, मोहल्ले के दूसरे तरफ़ से, हकले अंकल की दुकान की ओर से रोता-भागता हुआ, वहाँ पहुँचता है। बिट्टू को छोड़ अन्य सभी बच्चे, वीरेंद्र को देखकर ठहाके मार कर हँसते हैं। पप्पू अपने पास से झोले में रखे अमरूद और बेर निकालता है।

पप्पू : हम लोगों ने बेर और अमरुद, गुरजीत भैया के आँगन से तोड़ ही लिए।

चुन्नू : और जैसे ही उनका कुत्ता वहाँ से हमारे पीछे पड़ा, हम लोग क्या तेज़ भागे हैं।

वीरेंद्र : (रोते हुए) तुम लोग तो भाग गए मुझे ऊपर दीवार पर चढ़ा हुआ छोड़ के, बड़े मतलबी दोस्त हो तुम लोग। तुम लोगों के कहने पर मैं दीवार पर चढ़ा था।

मुन्नू : (हँसते हुए) अब तू ही बता! कुत्ता काटने आया था, तो हम भागते नहीं तो क्या करते?

पप्पू, अमरुद और बेर में से वीरेंद्र को कुछ हिस्सा देता है। अपना हिस्सा पाकर वीरेंद्र अपने आँसुओं को पोछ लेता है।

वीरेंद्र : तो मुझे भी बता देते की कुत्ता आ रहा है। मैं भी भाग जाता।

पप्पू : मैंने कहा तो था की "आ गया ! आ गया !"

वीरेंद्र : मुझे लगा जब मैंने अमरुद की डाली नीचे की तो "अमरुद हाथ में आ गया!" तू ऐसा बोल रहा है।

चुन्नू : अब तू कुछ भी समझें, तो उसमें हम क्या करेंगे? एक तो दद्दू नहीं आ रहे इतने दिन से। जैसे-तैसे करके तो अमरुद और बेर वहाँ से तोड़े हैं।

मुन्नू : पर तू वहाँ से निकला कैसे फिर? तुझे कुत्ते ने काट लिया क्या?

वीरेंद्र : नहीं! मैं दीवार पर ही रोने लगा था। तुम लोगों का पीछा छोड़, उनका कुत्ता दीवार के नीचे ही खड़ा हो गया और मुझ पर भौंकने लगा, फिर गुरजीत भैया आ गए। उन्होंने मुझे बचाया और कुत्ते को अंदर ले गए। फिर मुझे दीवार से उतार कर डांटा, कि ऐसे किसी के घर के आँगन से फल नहीं तोड़ते हैं।

पप्पू : फिर तू रो क्यों रहा था, जब कुछ हुआ ही नहीं तो।

वीरेंद्र : मैं बहुत डर गया था।

बिट्टू वहाँ खड़ा सब सुन रहा था। पप्पू अमरुद और बेर निकाल कर बिट्टू को देता है, पर बिट्टू शांत खड़ा अमरुद और बेर लेने से मना कर देता है।

बिट्टू : हम सब को मिल कर दद्दू का पता लगाना चाहिए, कि आख़िर वो क्यों नहीं आ रहे?

चुन्नू : अरे! कहीं गए होंगे। अपने गाँव या कहीं बाहर, हमें तो उनका घर तक नहीं पता। हम कहाँ से पता लगाएंगे?

बिट्टू : ढूँढते हैं ना! हम सब मिलकर।

मुन्नू : अरे! केबल पर नई फ़िल्में आने वाली है, कहाँ तू भी परेशान हो रहा है। फ़िल्में देखना और आराम करना, आ जाएंगे दद्दू भी, जहाँ भी गए होंगे।

सभी बच्चे अपनी मस्ती में अपने-अपने घर की ओर रवाना होते हैं, और बिट्टू चुप-चाप वहाँ दद्दू की राह तकता खड़ा रहता है।

समय का पहिया अपनी गति पर निरंतर भागता रहता है। पर बिट्टू के लिए समय रुक सा गया है। एक-दो दिन और बीत जाते हैं, ना दद्दू की कोई ख़बर और ना ही बिट्टू की ज़िन्दगी में कुछ नयापन। सुबह के वक़्त, अपने आँगन की दीवार पर बैठा बिट्टू, अपनी टांग हिलाते हुए, वहाँ से आते-जाते लोगों को देख रहा होता है। तभी उसकी नज़र आलोक पर पड़ती है। आलोक, अपने मोटे चश्मे और साइकिल का हैंडल संभालता हुआ, बिट्टू के घर के गेट के पास आकर रुकता है। बिट्टू के चेहरे पर एक मुस्कान आती है और बिट्टू दीवार से कूद कर आलोक की तरफ़ भागता है।

आलोक : चल! मैंने कहा था ना! हम लोग साइकिल से घूमने चलेंगे, आज मुझे घर से छुट्टी मिल गई है।

उदास बिट्टू, आलोक की तरफ़ देखता है।

बिट्टू : मेरी साइकिल चोरी हो गई। मैं कैसे जाऊँगा घूमने?

आलोक : अरे! कैसे चोरी हो गई?

बिट्टू : छोड़! बहुत लम्बी कहानी है।

आलोक : हाँ! मेरे पास इतना टाइम भी नहीं है कि कहानी सुनूँ तेरी, पर घूमने तो चल ही सकता है। मेरी साइकिल पर

पीछे बैठ के चल, और देख! मना मत करना। मैं बहुत मुश्किल से घर से छुट्टी लेकर आया हूँ। आज ख़ूब मस्ती करनी है।

बिट्टू थोड़ी देर सोचता है और फिर आलोक के साथ, पहियों के सफ़र का आनंद लेने निकल पड़ता है।

हर्षोल्लास के साथ आलोक, बिट्टू को साइकिल के पीछे बैठाए, सड़क पर पिट्टू खेल रहे बच्चों के झुंड के बीच से गुज़रते हुए, सड़कों पर तफ़री का मज़ा ले रहा था। रास्ते में बुड्ढी का बाल बेच रहे फेरी वाले के पास रुक, दोनों बुड्ढी के बाल नाम से चर्चित मिठाई का आनंद उठाते हैं। स्कूल के पुराने दिनों की बातें करते बिट्टू और आलोक, शहर के चप्पे-चप्पे की सैर करना शुरू करते हैं।

तभी आलोक की नज़र रास्ते पर खड़े एक और फेरी वाले पर पड़ती है, जो च्विंगम जैसी खिंचने वाली एक मिठाई बेच रहा था। अपनी साइकिल पर एक लकड़ी के डंडे के ऊपर छतरी बाँध, ये फेरी वाला उस डंडे में लगी खिंचने वाली मिठाई को खींच-खींच कर उससे कभी मोर, कभी हाथी या अन्य पक्षी और जानवर बना कर, बच्चों को बेच रहा था। आलोक साइकिल को उस फेरी वाले के पास रोकता है।

आलोक : अंकल! हमको भी ये वाली मिठाई बना के दो ना।

फेरीवाला : कौन सा जानवर या पक्षी बना के दूँ?

आलोक बिट्टू की तरफ़ देखता है। बिट्टू चुप-चाप किसी सोच में डूबा है, आलोक समझ जाता है कि बिट्टू अंदर ही अंदर बहुत उदास है।

आलोक : कुछ भी बना दो अंकल, हमको तो मिठाई खाना है।

फेरीवाला एक छोटी सी लकड़ी पर, मिठाई से मोर और हाथी बना के दोनों को देता है। आलोक और बिट्टू वो मिठाई खाकर, वहाँ से चले जाते हैं। गर्म हवाओं को चीरती हुई आलोक की साइकिल, बच्चों के एक छोटे से पार्क के पास जाकर रूकती है। दोनों, बाहर ही साइकिल खड़ा कर, पार्क में चले जाते हैं। थोड़ी देर वहाँ के झूलों का मज़ा लेने के बाद, बिट्टू थोड़ा बेचैन सा हो जाता है।

बिट्टू : आलोक! मुझे वापस घर छोड़ देगा क्या?

आलोक : क्या हुआ? आज तो हमको दिन भर घूमना है। और अभी थोड़ी देर में ही तू घर जाने को बोल रहा है।

बिट्टू : मुझे देव से मिलना है।

आलोक : ये देव कौन है?

बिट्टू : वो मेरा एक दोस्त है। वो बहुत बड़ा है हम दोनों से।

आलोक : तो तू उससे मिलकर क्या करेगा? थोड़ी देर से चलते हैं। अभी हम लोगों को अपने स्कूल के बड़े बच्चों से भी मिलना है, वो जो मेरे घर के पास रहते हैं ना! तुझे पता है? उन लोगों के पास गेयर वाली साइकिल है, और वो लोग साइकिल से बहुत सारे करतब करते हैं। देख के बहुत मज़ा आता है।

बिट्टू गुस्से से झल्ला जाता है।

बिट्टू : मैंने कहा ना मुझे घर छोड़ दे!

आलोक बिट्टू के इस व्यवहार से मायूस हो जाता है।

आलोक : मैं कितने दिनों बाद, घूमने के लिए घर से निकला हूँ। और तू है कि इतनी देर से उदास बैठा है। मैं तुझे ख़ुश करने के लिए कितनी कोशिश कर रहा हूँ और तू मुझ पर ही गुस्सा हो रहा है। मुझे पता है तेरी साइकिल चोरी हो गई, पर मैंने तो चोरी नहीं की है ना! ऊपर से तेरे वो दद्दू नहीं मिले तुझे इतने दिन से, पर उसमे भी मेरी ग़लती नहीं है ना! मैं फिर से कट्टी हो जाऊँगा और इस बार पुच्ची भी नहीं करूँगा।

बिट्टू, आलोक की बातों को सुन, उस पर विचार करता है और अपने गुस्से को भूलकर मुस्कुराता है।

बिट्टू : सॉरी भाई! मैं थोड़ा परेशान हूँ, इसलिए तुझ पर गुस्सा कर बैठा। चल ठीक है! हम चलते हैं जहाँ तू बोले, पर फिर वहाँ से जल्दी निकल जाएंगे। और तू मुझे देव के घर छोड़ देना। मैं दद्दू को ढूँढना चाहता हूँ। पता नहीं कहाँ चले गए? तू भी चलेगा क्या ढूँढने? मेरे पास साइकिल नहीं है, नहीं तो अब तक मैं ढूँढ लेता उनको।

आलोक : तू जानता है कि मैं घर से ज़्यादा नहीं निकल सकता। मेरे घर वाले गुस्सा करते हैं। पर मैं तुझे देव के यहाँ छोड़ दूँगा और उससे बोल दूँगा कि तेरी मदद करे दद्दू को ढूँढने में।

बिट्टू : ठीक है! अब अपने झूले से उतर के मेरे झूले को धक्का मार, फिर ये झूला झूल के हम लोग चलते हैं।

बिट्टू और आलोक झूले के साथ वापस अपनी मस्ती की दुनिया में खो जाते हैं।

थोड़े समय के बाद दोनों वहाँ से निकल, आलोक के घर के पास के एक खुले मैदान में, अपने स्कूल के बड़े बच्चों से मिलने पहुँचते हैं। स्कूल के बड़े बच्चों की आधुनिक गेयर वाली साइकिल को देख आलोक और बिट्टू मंत्रमुग्ध हो जाते हैं। वहाँ कोने में अपनी साइकिल को स्टैंड पर लगा, मैदान की ज़मीन पर लेट कर दोनों, बड़े बच्चों को साइकिल से करतब करते देखते हैं। साइकिल को एक पहिये पर चलाना, साइकिल को बिना हैंडल पकड़े चलाना, कभी ज़ोर से ब्रेक मार साइकिल को अगले पहिये पर खड़ा करना, और ऐसे अनेकों करतब को देख बिट्टू और आलोक आश्चर्यचकित रह जाते हैं।

आलोक : ये लोग ऐसा कैसा कर लेते हैं यार?

बिट्टू : पता नहीं! और गिरते भी नहीं हैं।

आलोक : हाँ! जब स्कूल खुला हुआ था, तो ये लोग वहाँ भी ऐसे ही साइकिल से करतब कर रहे थे। सब लोग इनके दीवाने हो गए थे।

बिट्टू : हम लोगों को भी ये सीखना चाहिए ना!

आलोक : नहीं हो पाता ये! मैंने कोशिश की थी एक बार।

बिट्टू आलोक की तरफ़ आश्चर्य से देखता है।

बिट्टू : फिर क्या हुआ?

आलोक : होना क्या है! मैं सुधा के घर के सामने से जा रहा था, उस वक़्त वो बाहर खड़ी थी। मैंने सोचा, एक पहिये पर साइकिल चलाऊँगा, तो वो भी मुझे देख के मेरी दीवानी हो जाएगी।

बिट्टू : फिर?

आलोक : फिर मैं गिर गया, और वो हँस कर घर में चली गई। मेरी तो कोहनी भी छिल गई थी। ये सब अपने बस का नहीं है, हम लोग पढ़ाई ही कर लें वही बहुत है।

तभी बड़े बच्चों में से, आलोक का परिचित एक लड़का उनके पास आता है।

लड़का : और बच्चों! क्या हाल है?

आलोक : ठीक है भैया! आप लोग का करतब ख़त्म हो गया क्या?

लड़का : हाँ! अब करतब ख़त्म, अब हम लोग जाएंगे वीडियो गेम खेलने। तुम लोगों को देखना है? तो आ जाओ! पास वाले वीडियो गेम की दुकान पर। हम लोग खेलेंगे, तुम लोग देख लेना।

आलोक और बिट्टू एक दूसरे को देखते हैं। आलोक का मन मचलता है बड़े बच्चों के साथ जाने को, पर फिर बिट्टू को देव के घर छोड़ने की ज़िम्मेदारी वाली बात उसे याद आ जाती है।

आलोक : नहीं! हमें थोड़ा ज़रूरी काम है, आप लोग जाओ।

वो लड़का, बिट्टू और आलोक के पास रखे अपने बैग को उठाता है। और उसमें से पानी की बोतल निकाल, पानी पीता हुआ वहाँ से चला जाता है।

बिट्टू : अब चले? शाम होने वाली है।

आलोक : चलो!

रात से पहले की ढलती शाम के वक़्त बिट्टू और आलोक, देव के घर पहुँचते हैं। आलोक बड़े ताव से गेट से आवाज़ लगाता है।

आलोक : देव! देव!

बिट्टू : श्हहहहहहह! चुप हो जा!

आलोक : अरे क्या हुआ? तेरे दोस्त देव को ही तो आवाज़ लगा रहा हूँ।

बिट्टू : वो! देव ऐसे नहीं मिलता।

आलोक : तो कैसे मिलता है?

बिट्टू : हमें गेट के ऊपर से, चुपके से कूद के अंदर जाना होगा, फिर अंदर जाकर हम उसे बुला लेंगे।

आलोक : चुपके से क्यों कूदना है?

बिट्टू : क्योंकि देव बाहर से देख के ही मुझे भगा देता है। वो किसी से मिलता नहीं। मैंने एक-दो बार पहले भी कोशिश की थी, पर उसने भगा दिया था।

आलोक बिट्टू की बातों से थोड़ा सहम जाता है। आलोक अपने चश्में को ठीक करते हुए थोड़ा विचार करता है।

आलोक : पर तूने तो कहा था कि वो तेरा दोस्त है! तू मुझे यहाँ पिटवा तो नहीं देगा ना? अंदर देव ने हमको देख के मारना शुरू कर दिया तो? फिर मेरे घर वाले भी मुझे बहुत मारेंगे। उन्होंने पहले से हमेशा सिखाया है कि किसी के घर में बिना परमिशन नहीं जाना चाहिए।

बिट्टू : ऐसा कुछ नहीं होगा, चल कूदते हैं। दोस्त है की नहीं तू मेरा? मेरे लिए इतना नहीं करेगा?

आलोक बिट्टू को थोड़ी देर घूरता है।

आलोक : अब मुझे दोस्ती की क़सम है, आज इस देव के बच्चे को उठा के पटक दूँगा।

बिट्टू : चल अब! लड़ाई नहीं करनी है, बस बात करनी है।

आलोक गेट पर चढ़ता है, पर लोहे के गेट पे चढ़ते वक़्त, हल्का पैर फिसलने से जो आवाज़ होती है, उससे डर के वापस उतर जाता है।

बिट्टू : (फुसफुसाते हुए) क्या हुआ?

आलोक :(बहाना मारते हुए) मुझे अचानक़ से याद आया कि मुझे बहुत ज़ोर से भूख लगी है।

बिट्टू : चल! वो देव के घर में चाय-बिस्कुट खा लेंगे।

आलोक : चाय-बिस्कुट तुझे पसंद है, मुझे नहीं।

बिट्टू : तू चल ना!

दोनों देव के आँगन में कूद जाते हैं। तभी आलोक की नज़र देव की साइकिल पर पड़ती है।

आलोक : अरे वाह! क्या मस्त साइकिल है ये।

बिट्टू : उसे छोड़! चल खिड़की से देखते हैं, अंदर कोई है या नहीं?

जैसे ही बिट्टू और आलोक दूसरी तरफ़ की खिड़की की ओर जाकर, अंदर झाँकते हैं। देव का नौकर वहाँ आ जाता है।

नौकर : कुछ चाहिए क्या आप लोगों को?

आलोक अचानक से डर जाता है।

आलोक : अरे देव! कैसे हो तुम? वो.. मैं इसका दोस्त हूँ। तुमको अगर मारना है तो इसको मारना। यही मुझे यहाँ लेकर आया है।

नौकर ये सुन, ठहाके मार के हँसने लगता है।

आलोक : (बिट्टू से) ये तो हँस रहा है। इतना बुरा आदमी भी नहीं है देव। मैं इससे यूँ ही डर रहा था।

बिट्टू : ये देव नहीं है।

इसी दौरान देव घर से बाहर निकलता है। आधी नींद में चढ़ी लाल आँखों को मलता हुआ देव, थोड़ा गुस्सैल सा दिखाई पड़ रहा था।

आलोक : ये तो गुस्से में लग रहा है।

बिट्टू : डर मत! उसका चेहरा ऐसा ही है।

देव : तुम फिर आ गए?

आलोक : देखो! मुझे कुछ समझ नहीं आ रहा। हम लोग तुमसे बात करने आए हैं, और मुझे देर भी हो रही है। तो जल्दी से हम बातें कर लेते हैं और बिट्टू ने कहा था कि तुम कुछ खाने को भी दोगे, तो वो भी ले आओ!

देव मुस्कुरा कर, नौकर को इशारा करता है।

नौकर : मैं अभी चाय-बिस्कुट लेकर आता हूँ।

आलोक : ओ भाईसाहब! सुनिए तो! मैं चाय-बिस्कुट नहीं खाता, वो बिट्टू खाता है। मुझे ब्रेड और उस पर जैम लगा हुआ बहुत पसंद है, वो ले आओ आप।

नौकर : जी, ज़रूर! आईए आप लोग अंदर बैठिए।

सभी अंदर जाकर बैठ जाते हैं। कुछ देर अजीब सी शान्ति छाई रहती है। कोई बातें नहीं हो रही। देव चुप बैठा है और बिट्टू उदास सा। आलोक, दोनों को एक टक देखते जा रहा है। तभी नौकर वहाँ चाय-बिस्कुट और ब्रेड-जैम लेकर पहुँचता है। आलोक फटाफट ब्रेड-जैम उठा कर खाने लगता है। बिट्टू चाय-बिस्कुट की तरफ़ ध्यान ना देते हुए, बैठा हुआ है।

नौकर : आप चाय-बिस्कुट खाओ ना! आज बड़े शांत हो आप।

आलोक : वो! ये उदास है। इसकी साइकिल चोरी हो गई है, और इसके कोई दद्दू हैं, जो इसके मोहल्ले में आते रहते थे फल बेचने, वो बहुत दिन से आए नहीं हैं। तो इसको, उनको ढूँढना है। और उसके लिए इसको, देव की मदद चाहिए। तो मैं इसे यहाँ ले आया।

खाते-खाते अपने चश्मे को ठीक करता आलोक, बड़ी समझदारी की एक्टिंग करते हुए, इतरा कर अपने बालों को सँवारता है।

आलोक : अब दोस्त होते किसलिए हैं? एक दूसरे की मदद करने के लिए।

देव : (भारी स्वर में) मुझे किसी की मदद नहीं करनी।

आलोक : बड़े खड़ूस हो आप।

देव हल्के गुस्से से दोनों को देखता है। बिट्टू और नौकर, आलोक को देख सन्न रह जाते हैं। बिट्टू चुपके से नज़र चुराते हुए, आलोक को वहाँ से चलने का इशारा करता है। आलोक उसका इशारा समझ जाता है।

आलोक : चलो! तो अब मैं चलता हूँ। फिर मिलेंगे!

नौकर को देख मुस्कुराकर आलोक, उसके पास जाकर फुसफुसाता है।

आलोक : पर है तो ये देव बड़ा खड़ूस।

बिट्टू आलोक को खींच कर, वहाँ से बाहर ले जाता है।

आलोक, बिट्टू और उसकी उदासी को, बिट्टू के घर के दरवाज़े पर उतारता है।

आलोक : ठीक है भाई! अब मैं चलता हूँ। देख! मैं तेरी कोई मदद नहीं कर पा रहा, पर फिर भी मैं कोशिश करूँगा कि तुझसे जल्दी आ कर मिलूँ। तू अपना ख़्याल रखना।

आलोक अपनी साइकिल का पैडल मारे, अपने घर की तरफ़ रवाना होता है। और इसी तरह, शाम भी समय के पहियों पर पैडल मारे, रात की तरफ़ रवाना हो जाती है।

अध्याय 8

रास्ते तेरे वास्ते

उदासी से बिट्टू का चेहरा, उस मुरझाए हुए गुलाब की तरह सूखता जा रहा था, जो किताब के दोनों तरफ़ का दबाव झेल, किताब के मध्य में रखा हुआ हो। एक तरफ़ दद्दू की चिंता, और दूसरी तरफ़ अपनी साइकिल के चोरी होने का ग़म, बिट्टू को अंदर ही अंदर शांत करता जा रहा था। बचपन में इतनी चुप्पी, अक्सर इंसान का बचपना ख़त्म कर देती है। बिट्टू को खिड़की के पास उदास बैठा देख, बिट्टू की माँ उसके पास आतीं हैं।

माँ : क्यों इतना उदास है? बोला तो था तुझे, कि साइकिल का कुछ देखेंगे। कुछ पैसों का इंतज़ाम करके ख़रीदेंगे कहीं से, बच्चों को इतनी चिंता नहीं करनी चाहिए।

माँ, बिट्टू के गाल पर प्यार से हाथ फेरतीं हैं।

माँ : देख तो! कैसा सूख गया है चेहरा।

बिट्टू हल्की दिखावटी मुस्कान से, माँ को बहलाने की कोशिश करता है। पर माँ तुरंत उसका दिखावा भाँप लेती हैं। माँ, बिट्टू को उठाकर, अपनी गोदी में बैठातीं हैं।

माँ : बोल क्या हुआ? कोई और भी बात है क्या?

बिट्टू : वो.. दद्दू थे ना! जो मोहल्ले में आते हैं, जिनको हम लोग कचरा देकर फल लेते हैं। वो बहुत दिनों से आ नहीं रहे।

माँ : तो क्या हुआ? कहीं चले गए होंगे। उसमे इतना परेशान क्यों होना।

बिट्टू : नहीं! वो इतने साल में कभी कहीं नहीं गए। रोज़ आते थे यहाँ, बस अभी नहीं आ रहे। मुझे उनको ढूँढने जाना है।

माँ : तो जा के ढूँढ ले।

बिट्टू : पर मेरे पास साइकिल नहीं है। और पैदल, मैं कहाँ-कहाँ ढूँढूँगा उनको?

माँ : अब साइकिल तो इतनी जल्दी नहीं ला सकते। किसी दोस्त की ले ले।

बिट्टू : किससे लूँ? कोई देता ही नहीं है अपनी साइकिल ज़्यादा देर के लिए। किराए से ले सकता हूँ, पर पैसे नहीं हैं।

माँ, बिट्टू को गोदी से उतार, अपना बटुआ ढूँढतीं हैं और उसमें से दस रूपए निकालकर, बिट्टू के हाथ में पकड़ातीं हैं।

माँ : ये आख़िरी पैसे बचे हैं। अब ज़्यादा कुछ तो नहीं कर सकती, पर तुझे ऐसे उदास भी नहीं देखा जाता। ये पैसे रख और साइकिल किराए पर लेकर, कल ढूँढ ले दद्दू को। अब ख़ुश?

बिट्टू को अँधेरे में एक हल्की सी, जुगनू जैसी कोशिश करने की उम्मीद मिलती है। उसके चेहरे पर चमक, अचानक से असली मुस्कान के साथ दस्तक देती है। बिट्टू की माँ उसके सर पर हाथ फेर, उसके गाल को प्यार से खींचतीं हैं। ज़िन्दगी के पहियों में पैडल मारने के लिए, इंसान को अक्सर उम्मीद की उतरी चेन को वापस चढ़ाना ही पड़ता है। नहीं तो हर कोशिश व्यर्थ ही जाती है।

प्रकृति के पहिये के घुमाव से वापस अगले दिन की सुबह, सूरज अपनी नई किरणें लेकर आसमान से अपना प्रकाश बिखेरता है। बिट्टू वीरेंद्र के घर के नीचे, उससे वार्तालाप करने के लिए इंतज़ार कर रहा है। वीरेंद्र झटपट दौड़ता हुआ, सीढ़ियों से नीचे आता है।

वीरेंद्र : हाँ बोल बिट्टू! क्या बात है?

बिट्टू : तू जानता है कि दद्दू बहुत दिन से आए नहीं है। तो मैं उन्हें ढूँढने जा रहा हूँ। तेरी साइकिल किराए पर चाहिए। मैंने मम्मी से दस रुपये लिए हैं। अब इसमें जितनी ज़्यादा देर के लिए तू मुझे साइकिल दे पाएगा, मैं उतनी ही ज़्यादा जगह जाकर दद्दू को खोज पाउँगा।

वीरेंद्र : यार! दद्दू को तो मैं भी बहुत मिस कर रहा हूँ। मुझे भी उन्हें ढूँढना है। मैं तुझसे इस काम के लिए साइकिल के किराए के पैसे नहीं लूँगा। बस एक काम करते हैं। मेरी साइकिल पंक्चर है, और मेरे पास अभी पंक्चर बनवाने के पैसे नहीं हैं। तू पंक्चर बनवा दे! फिर हम दोनों साथ मिलकर, उन्हें ढूँढते हैं आज।

बिट्टू, वीरेंद्र की इस बात को सुनकर बहुत ख़ुश हो जाता है।

बिट्टू : ठीक है! तो कितनी देर में चलें?

वीरेंद्र : बस मैं पंद्रह से बीस मिनट में तैयार होकर तुझे मिलता हूँ। फिर चलते हैं।

बिट्टू : ठीक है!

वीरेंद्र और बिट्टू, वीरेंद्र की साइकिल को मैकेनिक के यहाँ पंक्चर बनवाने के लिए खड़ी कर, उसके ठीक होने का इंतज़ार करते हैं।

वीरेंद्र : लेकिन एक बात समझ नहीं आ रही। हम लोग दद्दू को ढूँढने कहाँ जाएंगे? हमें तो पता भी नहीं कि वो रहते कहाँ हैं?

बिट्टू : देख! सुबह के वक़्त, दद्दू हम लोगों के मोहल्ले की तरफ़ जहाँ से आते हैं। उसी तरफ़ उनका घर होगा ना! क्योंकि फिर शाम को, वो वापस उसी तरफ़ जाते हैं। हम लोग उसी दिशा में जाएंगे और सब दुकान वालों से पूछेंगे कि क्या किसी ने उनको देखा है? दुकान वाले तो रोज़ अपनी जगह पर ही रहते हैं सुबह से रात तक। तो उन्होंने तो देखा ही होगा ना! कि दद्दू कहाँ से आते हैं। हम पूछ-पूछ कर उस दिशा में चलते जाएंगे, और ऐसे करते-करते हम उनके घर तक पहुँच जाएंगे।

वीरेंद्र : वाह! क्या आईडिया है, मैंने क्यों नहीं सोचा ये।

तभी मैकेनिक अंकल, साइकिल की घंटी बजा, बिट्टू और वीरेंद्र को इशारा करते हैं।

मैकेनिक : लो! बन गया पंक्चर। जाओ! चलाओ साइकिल और अच्छे से चलाना, कहीं गिरना मत।

वीरेंद्र और बिट्टू, अपने मोहल्ले की तरफ़ से, उस दिशा में बढ़ना शुरू करते हैं, जहाँ से दद्दू सुबह उनके मोहल्ले की तरफ़ आते थे। थोड़ी दूर पहुँच, तिराहे के सारे दुकानदारों को दद्दू का हुलिया बताकर वीरेंद्र और बिट्टू, दद्दू की जानकारी लेते हैं। दद्दू को पहचानने वाले दुकानदारों के द्वारा बताए गए रास्तों पर चल-चलकर, बिट्टू और वीरेंद्र अपने मोहल्ले से काफ़ी दूर एक ऐसी जगह पहुँचते हैं, जहाँ से आगे दूर-दूर तक कोई दुकान नहीं है।

बारी-बारी से साइकिल चला-चलाकर थके बिट्टू और वीरेंद्र, हाँफ़्ते हुए एक पेड़ की छाँव में बैठते हैं। तभी उनकी नज़र, वहाँ से गुज़र रहे निम्बू-शिकंजी बेचने वाले एक व्यक्ति के ठेले पर पड़ती है।

वीरेंद्र : (बिट्टू से) मैंने तुझसे कहा था ना कि इस काम के पैसे नही लूँगा!

बिट्टू : हाँ!

वीरेंद्र : मैं, वो अपनी बात वापस लेता हूँ। एक निम्बू-शिकंजी तो मैं जरूर पियूँगा।

बिट्टू : मैं भी यही सोच रहा था।

बिट्टू और वीरेंद्र, उस ठेले वाले को रोक, उसके पास जाते हैं। ठेले पर सजे कच्चे आम, निम्बू और पुदीने के पत्तों को देख, बिट्टू और वीरेंद्र के सूखते गले को बड़ा चैन मिलता है।

बिट्टू : अंकल! क्या-क्या है आपके पास?

ठेलेवाला : आम-पन्ना, निम्बू शिकंजी और जलजीरा।

वीरेंद्र : मुझे जलजीरा देना, वो भी ठन्डे पानी में।

बिट्टू : मुझे आम-पन्ना देना और वो भी एकदम ठंडा।

ठेले वाला, बिट्टू और वीरेंद्र के लिए जलजीरा और आम-पन्ना बनाना शुरू करता है।

"रास्ते के वास्ते, बढ़े चलो-बढ़े चलो।

दिखे ना उम्मीद कोई, लड़े चलो-लड़े चलो।

धुँधली सी खाई है, उड़े चलो-उड़े चलो।

पर्वत सी लम्बाई है, चढ़े चलो-चढ़े चलो।

रास्ते के वास्ते, बढ़े चलो-बढ़े चलो।"

इन पंक्तियों को, ढोलक की मधुर धुन के साथ गुनगुनाता, कुर्ता-पैजामा पहनें वही कवि, जो दद्दू को परेशान किया करता था, बिट्टू और वीरेंद्र की तरफ एक ख़ाली सड़क की ओर से चलता हुआ आता है। गले में एक रस्सी से ढोलक को लटकाया हुआ कवि, ठेले के पास आकर रुक जाता है।

कवि : ला ठेले वाले! बहुत प्यास लगी है, प्यासे को निम्बू शिकंजी पिला दे। पैसे नहीं है मेरे पास! पर तुझे ये गाना सुना

दूँगा मुफ़्त में, तेरा भी मनोरंजन हो जाएगा और मेरी भी प्यास बुझ जाएगी।

ठेलेवाला : आगे बढ़ो भाई! इतना फ़ालतू टाइम नहीं है मेरे पास, कि मनोरंजन के लिए गाने सुनूँ तुम्हारे। पैसे नहीं है तो कुछ नहीं मिलेगा ।

कवि : अरे! पुण्य समझकर ही कर दे, प्यासे की प्यास बुझाना कितने पुण्य का काम है, तुझे मालूम है? मनोकामनाएँ पूर्ण होती हैं। दुआ लगेगी तुझे मेरी।

ठेलेवाला : ऐसे सब प्यासों की प्यास मुफ़्त में बुझाता रहा, तो मेरे घर का चूल्हा भी जल्द ही बुझ जाएगा।

वीरेंद्र अपने जलजीरे का आनंद ले रहा होता है। और बिट्टू आम-पन्ने के गिलास को मुँह से लगाए, कवि को देख रहा होता है। कवि, दोनों बच्चों को अपनी प्यास बुझाते देख, गले से थूक को अंदर गटक, अंतर मन में उस ठंडक को महसूस करने की कोशिश करता है।

बिट्टू : (ठेले वाले से) अंकल! आप इन अंकल को निम्बू शिकंजी दे दो, पैसे मैं दे दूँगा।

कवि ये सुन बहुत ख़ुश हो जाता है। और ठेलेवाले को तंज कसते हुए कहता है-

कवि : सीख इन बच्चों से कुछ, दिल बड़ा होना चाहिए। ला! निम्बू-शिकंजी पीला और उसमें काला नमक अच्छे से डालना।

कवि, बिट्टू और वीरेंद्र, तीनों से गिलास और बिट्टू से पैसे लेकर ठेलेवाला, वहाँ से निकल जाता है। कवि अपने कुर्ते के बाज़ू से अपना मुँह पोंछता है।

कवि : आह! मज़ा आ गया। इस चिलचिलाती धूप में शिकंजी पीकर एकदम शरीर में ऊर्जा भर गई। बहुत-बहुत धन्यवाद बच्चों। भगवान् तुम्हारी सारी इच्छाएं पूरी करें, यही मेरा आशीर्वाद है।

बिट्टू : थैंकयू अंकल! आपके आशीर्वाद के लिए।

कवि : और तुम लोग यहाँ क्यों घूमने निकले हो? आगे तो पूरा वीरान ही है। ऐसे कहीं भी घूमना नहीं चाहिए। आजकल बच्चों को उठा ले जाते हैं लोग, बहुत ख़राब ज़माना आ गया है।

बिट्टू : हम लोग अपने दद्दू को ढूँढ रहे हैं। उनका पता पूछते-पूछते यहाँ तक आए हैं।

कवि : तुम्हारे दादाजी को ढूँढ रहे हो?

वीरेंद्र : नहीं! वो हमारे दादाजी नहीं हैं। वो तो दद्दू हैं! बस यही बोलते हैं हम उन्हें। वो सफ़ेद कुर्ता और धोती पहनकर, ठेला लेकर घूमते हैं। कचरे के बदले फल देते हैं सब बच्चों को ।

कवि : वो खूसट बुड्ढा?

बिट्टू और वीरेंद्र, कवि को घूरकर देखते हैं।

कवि : माफ़ करना! मेरा मतलब है वो दद्दू। यहीं तो रहता है, थोड़ी दूर पर सीधी सड़क से अंदर जाकर गली में।

बिट्टू : आपने देखा है उनका घर?

कवि : हाँ!

बिट्टू : तो हमें उनका घर बताओ ना! हमें उनसे मिलना है।

कवि : ऐसे बता तो नहीं पाऊँगा। ले चलता हूँ तुम दोनों को वहाँ।

बिट्टू : ठीक है!

कवि, साइकिल को और बच्चों को, एक नज़र देखता है।

कवि : साइकिल एक, चलने वाले तीन, चलो ठीक है! चलते हैं।

कवि साइकिल पर सवार होकर, बिट्टू को आगे वाले डंडे पर बैठा, पीछे वीरेंद्र को बैठा लेता है। तीनों, कच्चे-पक्के रास्तों से होते हुए, दद्दू के घर तक पहुँचते हैं। घर पर ताला लगा देख, बिट्टू निराश हो जाता है।

कवि : (आवाज़ देता है) वसीहत? वसीहत!

बिट्टू : वसीहत कौन है?

कवि : दद्दू की देखभाल करने वाला एक व्यक्ति है। शायद घर पर कोई है नहीं! ख़ैर, ये रही तुम्हारी मंज़िल, जो अभी बंद है। आओ! तुम दोनों को वापस वहीं छोड़ देता हूँ। दोनों अपने-अपने घर चले जाना।

बिट्टू और वीरेंद्र निराशा लिए, कवि के साथ वहाँ से लौट जाते हैं।

रात में अचानक बिट्टू के मोहल्ले में, सबके घर की बिजली चली जाती है। घरों में मोमबत्तीयाँ जलाए लोग बैठकर, बिजली के आने का इंतज़ार कर रहे होते हैं। मोहल्ले के सभी बच्चे घरों से बाहर निकल, मोहल्ले में शोरगुल के साथ, मस्त हल्की ठंडी हवा का मज़ा लूटते हुए, उस अँधेरे को भी ख़ुशनुमा बना देते हैं। बिट्टू और उसके साथी, मोहल्ले के बाहर टहलने निकलते हैं।

वीरेंद्र : दद्दू का घर तो पता चल गया हम लोगों को, पर वहाँ दद्दू नहीं मिले।

पप्पू : तुम लोग सही में इतने दूर तक चले गए थे दद्दू को ढूँढने?

बिट्टू : हाँ! दद्दू कितने दिनों से नहीं आए हैं। आज तक उन्होंने ऐसा नहीं किया था कभी। अब हम लोग फल तो मज़े से खाते हैं, पर दद्दू की थोड़ी फ़िक्र तो हमें भी करनी चाहिए ना!

मुन्नू : सही बात है बिट्टू! कल से हम लोग भी तुम्हारे साथ चलकर, हर जगह दद्दू को ढूँढेगे।

चुन्नू : कहाँ ढूँढोगे? जब घर पर कोई है नहीं तो। हो सकता है दद्दू, घर और ये काम छोड़ के अपने गाँव चले गए हों।

बिट्टू : हाँ! हो तो सकता है। पर पक्का कुछ नहीं पता ना! और बात भी सही है तेरी चुन्नू। कहाँ ढूँढेंगे? जब वो घर पर नहीं हैं तो।

पप्पू : कोई रास्ता नहीं है, इंतज़ार करने के अलावा।

बिट्टू : हम्म्म!

बिट्टू और उसके साथी, टहलते-टहलते वापस अपने मोहल्ले में आते हैं। जहाँ अब बिजली वापस आ चुकी है। सभी बच्चे अपने-अपने घर जाकर, दद्दू की चिंता के साथ, नींद की आग़ोश में चले जाते हैं। बचपन की ख़ासियत यही होती है, चिंताएँ कितनी भी हों! पर नींद आ ही जाती है।

समय का पहिया, किसी के लिए नहीं रुकता। चाहे वो दद्दू जैसे बुज़ुर्ग हों, या बिट्टू जैसे बच्चे।

दो-तीन दिन यूँ ही बीत जाते हैं। मोटू और भूरा, हकले अंकल की दुकान पर खड़े हुए, क्रीम वाले बिस्कुट का आनंद ले रहे होते हैं। तभी बिट्टू अपने घर के लिए कुछ सामान लेने वहाँ पहुँचता है।

मोटू : कैसा है बिट्टू?

बिट्टू : ठीक हूँ! तुम लोग कैसे हो?

भूरा, क्रीम वाले बिस्कुट के बीच का क्रीम चाटते हुए-

भूरा : (गाँव की भाषा में) एकदम टनाटन।

मोटू : तुझे पता है? कल, यहीं पास में हम दोनों घूम रहे थे, तो दद्दू का ठेला दिखा था हमें।

बिट्टू : कहाँ? और दद्दू कहाँ थे?

मोटू : दद्दू का तो पता नहीं। पर यहीं, तेरे मोहल्ले से थोड़ी दूर, जहाँ से दद्दू आते थे ना! वहीं बीच में एक सुनसान गली है, ठेला वहीं कोने में पड़ा हुआ था। सारे फल जो ठेले पर रखे थे, वो ख़राब हो गए थे। और बदबू मारता हुआ थोड़ा बहुत कचरा था बस।

बिट्टू : दद्दू अपना ठेला ऐसे छोड़कर कहाँ जा सकते हैं?

भूरा : (गाँव की भाषा में) हमें जे नहीं पतो।

बिट्टू, हकले अंकल की दुकान से अपने घर का सामान लेता है और कुछ सोच में डूबा, अपने घर चला जाता है।

देर रात, सोच और चिंता में डूबा बिट्टू, नींद को चकमा दे, अपने बिस्तर पर चादर के अंदर, आँखे खोले लेटा हुआ था। मन में दद्दू को खोजने की तरक़ीबें नींद की झपकीयों के दबाव से धीमी हुईं जा रहीं थीं। तभी बिट्टू के घर के मुख्य दरवाज़े के पास, कुछ खटपट की आवाज़ होती है। बिट्टू चुपके से, खिड़की के पास जाकर देखता है, तो उसे वहाँ से एक आदमी भागता हुआ नज़र आता है। खिड़की से आँगन में कूद, बिट्टू दबे पैर दरवाज़े के पास जाता है और बाहर की ओर देखता है। दीवार के पीछे बिट्टू को अपनी साइकिल "शेरा" खड़ी दिखती है। ख़ुशी से बिट्टू की नींद उड़ जाती है। ज़ोर-ज़ोर से चिल्ला बिट्टू, अपने परिवार को उठा देता है। परिवार के सभी लोग बाहर आते हैं। और दरवाज़े का ताला खोल, साइकिल को आँगन में लाकर खड़ा करते हैं। साइकिल के हैंडल पर एक ख़त चिपका होता है। बिट्टू के चाचा वो ख़त निकालकर पढ़ते हैं।

"मुझे माफ़ करना! मुझे साइकिल की ज़रूरत थी, इसलिए लेकर गया था। साइकिल लौटाने में थोड़ी देर हो गई थी। और जब वापस आया! तो वहाँ कोई नहीं था। बड़ी मुश्किल से आपका घर पता किया है। अपनी साइकिल वापस लीजिए और आपको हुई परेशानियों के लिए मुझे माफ़ कर दीजिएगा।"

चाचा : बताओ कैसे-कैसे लोग हैं दुनिया में।

माँ : छोड़ो अब! साइकिल आ गई, यही बहुत है।

चाचा : पता नहीं ये छुट्टन चोर भी क्या चीज़ है।

बिट्टू : मेरा शेरा वापस आ गया, अब मैं किसी को नहीं दूँगा इसे।

बिट्टू अपनी साइकिल को हाथ से सहलाकर, वापस उसी प्यार को महसूस करता है, जो उसने पहली बार उस साइकिल से महसूस किया था। दद्दू की चिंता को थोड़ी देर के लिए भूल, बिट्टू वापस ख़ुशी की लहर को अपने मन में महसूस करता है। परिवार के लोग साइकिल को अंदर खड़ा कर, चेन से उसके पहिये को बांध देते हैं, और वापस नींद की आग़ोश में जा, सपनों के पहियों पे सवार हो जाते हैं।

अध्याय 9

सही दिशा में हैंडल

जिस तरह साइकिल के पहियों को मनचाही दिशा में ले जाने के लिए, हैंडल से मोड़ना पड़ता है। ठीक उसी तरह, ज़िन्दगी में किसी मक़सद को पाने के लिए ख़ुद की सोच का हैंडल भी, सही दिशा में मोड़ना पड़ता है। बिट्टू की साइकिल वापस मिलने की ख़ुशी, बिट्टू के लिए अब छोटी हो गई थी। क्योंकि रह-रह कर, मोटू और भूरा की बात, उसके दिमाग़ में पहियों की तरह घूमे ही जा रही थी। बिट्टू, दद्दू के ठेले की बात बताने, अपने मोहल्ले के अन्य साथियों से मिलता है।

वीरेंद्र : तू तो बहुत लक्की है बिट्टू! साइकिल चोरी होने के बाद, किसी को ऐसे वापस मिलती है क्या?

सभी मित्र, वीरेंद्र की बात से सहमति जताते हैं। बिट्टू हल्का सा मुस्कुराता है।

बिट्टू : मैंने, तुम लोगों को यहाँ कुछ और बताने के लिए बुलाया है। मोटू और भूरा ने मुझे एक बात बताई है। उन्होंने दद्दू के ठेले को, यहीं आसपास कहीं पड़े हुए देखा था।

मुन्नू : तू भी क्या उनकी बातों में आता है। वो लोग हमसे कोई मज़ाक़ कर रहे होंगे।

बिट्टू : हो सकता है मज़ाक़ कर रहे होंगे। पर अगर नहीं कर रहे होंगे, तब? हमको जा कर देखना तो चाहिए।

चुन्नू : हाँ चलो! मोटू और भूरा को लेकर वहाँ चलते हैं।

मोटू और भूरा की बात पर विश्वास कर, बिट्टू और उसके साथी, मोटू और भूरा के साथ मिलकर उस जगह पहुँचते हैं, जहाँ दद्दू का ठेला पड़ा हुआ था। धूल खाते हुए ठेले को, सुनसान सड़क के कोने में पड़ा हुआ देख, बिट्टू और उसके साथी समझ जाते हैं कि दद्दू यहाँ आए थे। पर उसके बाद कहाँ गए? ठेले के ऊपर सड़े हुए फल और नीचे तिरपाल में बदबू मारता हुआ कचरा, ये बता रहा था कि बहुत दिनों से ये ठेला, यहाँ पड़ा हुआ है। बिट्टू और बाक़ी सभी लोग, आस-पास दद्दू को खोजते हैं। पर सुनसान सड़क होने के कारण, कुछ भी जानकारी उनके हाथ नहीं लगती है। सभी बच्चे वहाँ से निराश होकर, मोहल्ले में वापस पहुँचते हैं। सभी बच्चों को मोहल्ले में मायूस बैठा देख, टाइगर उनके पास आ कर थोड़ी चहल क़दमी करता है ताकि उनका ध्यान खींच सके। बच्चे टाइगर को देख कर भी, कोई प्रतिक्रिया नहीं देते हैं। टाइगर, बिट्टू के पास आकर शांति से बैठ जाता है। बिट्टू टाइगर के सर पर हाथ फेरता है।

बिट्टू : सब परेशान हैं टाइगर! तेरे साथ बाद में खेलेंगे, पहले दद्दू को ढूँढ लें।

बबलू भैया, बच्चों के झुंड को मोहल्ले में शांति से बैठा देखते हैं। और उन्हें परेशान करने, उनके पास आते हैं। पप्पू, बबलू भैया की मस्ती करने की आदत से भली भाँती परिचित था।

पप्पू : भैया! आज हम लोग मस्ती के मूड में बिल्कुल भी नहीं हैं। बहुत बड़ी मुसीबत आई है।

बबलू भैया, बच्चों के मुँह से "बड़ी मुसीबत आई है!" जैसे भारी शब्द सुनकर हँस पड़ते हैं। और उनके पास बैठ जाते हैं।

बबलू : अच्छा! ज़रा बताओ तो, क्या मुसीबत आई है? आप सभी बुज़ुर्गों पर।

पप्पू पूरी बात बबलू भैया को बताता है। बात की गंभीरता को समझते हुए बबलू भैया, थोड़ा सोच-विचार करने लगते हैं।

बबलू : ठीक है! मुझे थोड़ा टाइम दो। कुछ करते हैं, तुम लोगों की इस समस्या का भी।

बबलू भैया वहाँ से उठ कर चले जाते हैं। और सभी बच्चे अपने दिमाग़ के घोड़ों की लगाम को, और ज़ोर से खींचते हैं। ताकि कोई तरीक़ा निकल के आए दद्दू को खोजने का।

शाम के वक़्त, बिट्टू अपनी साइकिल को स्लो पैडल मारे, कम स्पीड में बैलेंस बनाते हुए, मोहल्ले में घूम रहा होता है। दिमाग़ में तरक़ीबें अक्सर तभी आती हैं, जब आप अपने दिमाग़ को, जल की तरह शांत कर दो। पर जल जैसी शांति के लिए

दिमाग़ में चल रहे उथल-पुथल को, सही दिशा प्रदान करना ज़रूरी होता है। बिट्टू ने स्लो साइकिल चलाने के तरीक़े से, ख़ुद को व्यस्त कर रखा था। तभी उसके दिमाग़ में एक तरकीब आती है। बिट्टू अब साइकिल को तेज़ी से चलाते हुए, देव के घर की तरफ़ जाता है।

साइकिल में पंप से हवा भर रहे देव के गेट के बाहर, बिट्टू अपनी साइकिल का ब्रेक मारता है। बिट्टू के आने पर बिना कोई प्रतिक्रिया दिए देव, स्टैंड पर खड़ी अपनी साइकिल में हवा भरता जाता है। और उसके अन्य सभी पुरज़ों में ऑइल डाल के, साइकिल की मरम्मत करता है। ऑइल से गंदे हुए अपने हाथों को कपड़े से पोछ देव, घर के अंदर जा ही रहा होता है कि पीछे से बिट्टू आवाज़ लगाता है।

बिट्टू : चाय-बिस्कुट खाने नहीं आया हूँ आज। मुझे सच में आपकी मदद चाहिए। एक बुज़ुर्ग आदमी नहीं मिल रहा है, और तुम यहाँ चैन से बैठे हो। इंसानियत है की नहीं तुम में? मुझ जैसे बच्चे को इतना समझ आ जाता है, कि हमें एक दूसरे की मदद करनी चाहिए। तुम तो इतने बड़े हो। तुम्हारे अंदर दिल है भी या नहीं?

बिट्टू की बात सुन, देव अचानक़ से रुक जाता है। अपनी आँखों को बंद कर, देव कुछ क्षण अपने दिमाग़ को शांत करता है। देव को पता है कि ये बच्चा ज़िद्दी है, ऐसे नहीं मानेगा।

देव : तो इसमें मैं क्या कर सकता हूँ? कैसे मदद करूँ तुम्हारी?

बिट्टू : तुम बस हाँ तो कहो। बाक़ी मैं तुमको बताता हूँ कि आगे क्या करना है।

देव : (लम्बी साँस छोड़ते हुए) बताओ!

बिट्टू, देव के घर में जाकर बैठ जाता है। और देव को एक टक देखता रहता है। देव उसका इशारा समझ जाता है, और अपने घर के पीछे जाकर, अपने नौकर को आवाज़ लगाता है।

देव : मेहमान आए हैं! चाय-बिस्कुट लेकर आओ।

बिट्टू, शान से एक टांग के ऊपर दूसरी टांग रख कर, हल्की मुस्कान के साथ बैठ जाता है। नौकर थोड़ी देर में चाय और बिस्कुट लाकर, बिट्टू के सामने रख देता है। चाय पीता हुआ बिट्टू, सामने बैठे देव को देखता है।

बिट्टू : दद्दू का एक ठेला था, वो हम लोगों को एक जगह पड़ा मिला, पर दद्दू वहाँ नहीं थे। मैंने दद्दू का घर ढूँढ लिया है। जब मैं गया था, तब उनके घर पर ताला लगा हुआ था। अब मैं बेचारा बच्चा, ताला तो तोड़ नहीं सकता। तुम मेरे साथ चलो, और हम ताला तोड़ कर अंदर चलते हैं। और देखते हैं कि अंदर हमें, दद्दू के घर-परिवार के बारे में कुछ पता चले तो।

देव : चोर नहीं हैं हम लोग, जो किसी के घर का ताला तोड़ के घुस जाएँ।

बिट्टू : हम चोरी करने थोड़े ही जा रहे हैं। हम तो अच्छे काम के लिए जा रहे हैं।

देव : ये बात कैसे साबित करोगे? अगर आसपास के किसी ने पुलिस में ख़बर कर दी तो?

बिट्टू : आसपास कोई नहीं रहता वहाँ।

देव : हमें पुलिस में ख़बर कर देनी चाहिए कि तुम्हारे दद्दू ग़ायब हैं। पुलिस उन्हें ढूँढ लेगी।

बिट्टू : पुलिस को देने के लिए, हमारे पास ना फोटो है दद्दू की, और ना कुछ। दद्दू को हम तो जानते भी नहीं बहुत अच्छे से। पुलिस कैसे ढूँढेगी?

देव : तुम छोटे बच्चे हो। ज़्यादा जासूस मत बनो! कुछ बड़ी बात हुई, या दद्दू को कुछ हो गया होगा तो?

बिट्टू देव की बात सुन, सन्न रह जाता है।

बिट्टू : तुम मुझे डराओ मत।

देव : मैं आशंकाएँ बता रहा हूँ। हर चीज़ बच्चों का खेल नहीं होती, तुम मेरे साथ पुलिस स्टेशन चलो, वहाँ दद्दू की मिसिंग रिपोर्ट लिखवाओ, और ये बात पुलिस को सँभालने दो।

बिट्टू अपना चाय-बिस्कुट ख़त्म करता है, और देव के साथ पुलिस स्टेशन जाता है। पुलिस को सारा वाक्या बता बिट्टू और देव, दद्दू की मिसिंग कम्प्लेन लिखवाते हैं।

पुलिस : देखिए! हमें आप लोग वो जगह दिखा दीजिए, जहाँ पर आपके दद्दू का ठेला पड़ा हुआ है। और दद्दू का घर भी दिखा

दीजिए। हमारे दो पुलिस कर्मी, आपके साथ अभी चले जाएंगे। सारी जानकारी आप उन्हें देकर निश्चिंत रहिए। हम देखते हैं! क्या कर सकते हैं।

पुलिस स्टेशन के बाहर, देव और बिट्टू अपनी-अपनी साइकिल खड़ी करते हैं। और बिट्टू के बताए रास्ते पर, पुलिस की गाड़ी में बैठ, ठेले की जगह की तरफ़ बढ़ते हैं। वहाँ पहुँच पुलिस कर्मी, ठेले के पास से दद्दू की कोई भी जानकारी इकट्ठा करने में असफल रहते हैं। एक पुलिस कर्मी, दूसरे पुलिस कर्मी को, ठेले को थाने में जप्त करवाने का निर्देश देता है। फिर दद्दू के घर की तरफ़ सब रवाना होतें हैं। दद्दू के घर के दरवाज़े तक पहुँच, सब पुलिस की गाड़ी से उतरते हैं। पुलिस कर्मी, घर पर ताला लगा देख और थोड़ी रात होते देख, इस कार्यभार को कल पर स्थगित कर देता है।

पुलिस : इस वक़्त रात होने वाली है। अभी इस घर की तलाशी लेना ठीक नहीं रहेगा। आप लोग चिंता मत कीजिए। हम कल ही यहाँ आकर कार्यवाही शुरू कर देंगे। अब मुझे लगता है कि आप दोनों को वापस थाने छोड़ देना चाहिए।

बिट्टू, देव से फुसफुसाते हुए-

बिट्टू : ये पुलिस वाले अंकल ढूँढ देंगे ना दद्दू को?

देव आँखें बड़ी कर, बिट्टू को चुप रहने का इशारा करता है। पर ये बात पुलिस कर्मी सुन लेता है।

पुलिस : (बिट्टू के पास आते हुए) इतनी फ़िक्र मत करो बेटा! मिल जाएंगे तुम्हारे दद्दू।

बिट्टू : वो मेरे अकेले के दद्दू नहीं हैं। हम सब के दद्दू हैं।

पुलिस कर्मी हल्की मुस्कान के साथ।

पुलिस : हाँ! हमारे दद्दू मिल जाएंगे।

पुलिस, बिट्टू और देव पलट कर जा ही रहे होते हैं कि सामने से वसीहत हाथ में लोहे का बक्सा लिए, दद्दू के घर की तरफ़ आता दिखाई देता है। सभी वहाँ रुक जाते हैं। वसीहत पुलिस के पास आकर, अपना बक्सा ज़मीन पर रखता है।

वसीहत : आप लोग यहाँ क्या कर रहे हैं? सब ठीक तो है ना?

पुलिस : तुम कौन हो? और यहाँ क्या कर रहे हो?

वसीहत : मैं यहाँ रहता हूँ! और मालिक की देख भाल करता हूँ।

पुलिस : तुम्हारे मालिक एक बुज़ुर्ग इंसान हैं? जो ठेला चलाते हैं, और बच्चों में फल बाँटते हैं? जैसा की इस बच्चे ने बताया है। दद्दू नाम है उनका?

वसीहत, बिट्टू को एक टक देखता है। फ़िर थोड़ी फ़िक्र के साथ वापस पुलिस कर्मी को देखता है।

वसीहत : हाँ! सब उन्हें प्यार से दद्दू पुकारते हैं, पर हुआ क्या है? मालिक ठीक तो हैं ना?

पुलिस : वो लापता हैं कई दिनों से, हमें ऐसी जानकारी मिली है। बाक़ी पूछताछ और कार्यवाही हम लोग शुरू करने जा रहे हैं, इसलिए यहाँ आए थे। उनकी कोई तस्वीर वगैरह है तुम्हारे पास?

वसीहत : उनकी अभी की तस्वीर तो नहीं है। पर उनकी कई सालों पहले की तस्वीर है।

पुलिस : ठीक है! थोड़ा जल्दी अगर हो सके तो हमें दे दो।

वसीहत : जी! मैं अभी ढूँढता हूँ।

वसीहत सब को अंदर बुलाता है, और सब को लम्बे स्टील के गिलास में पानी लाकर देता है। और फिर अंदर जाकर दद्दू की तस्वीर खोजने में व्यस्त हो जाता है।

बिट्टू गिलास को मुँह से लगाता है, और पानी की चुस्कीयाँ लेना शुरू करता है। देव जैसे ही पानी के गिलास को पकड़ता है, उसको ध्यान से देखने लगता है। गिलास पर एक नाम गुदा होता है। "कमला देवी"

देव उस नाम को देख, किसी विचारों में खो जाता है। तभी वसीहत अंदर से बाहर आ, पुलिस कर्मी के पास खड़ा हो जाता है।

वसीहत : तस्वीर तो अभी नहीं मिली साहब। मैं ढूँढ के रखता हूँ।

पुलिस कर्मी, वसीहत को थोड़ी टेढ़ी और संदेह की नज़र से देखता है।

पुलिस : तुमने तो कुछ नहीं किया? तुम गए कहाँ थे वैसे? ये बक्सा लेकर!

बिट्टू : हाँ! उस दिन मैं आया था, तब भी घर पर ताला डला था।

वसीहत : साहब! मैं गाँव गया था कुछ ज़रूरी काम से। और मेरे मालिक इतने अच्छे इंसान हैं कि मैं कुछ बुरा करना तो दूर, उनका बुरा सोच भी नहीं सकता।

पुलिस कर्मी, बिट्टू की तरफ़ थोड़े संकोच से देखता है।

पुलिस : तुम्हे ये घर कैसे पता चला बच्चे?

बिट्टू : वो.. उस दिन मैं और वीरेंद्र, दद्दू को ढूँढने निकले थे। तो एक अंकल थे कुर्ता-पैजामा पहनें। ढोलक बजा कर कुछ गा रहे थे, उन्होंने हमें दिखाया था घर।

यह सुन वसीहत भी सोच मे पड़ जाता है।

वसीहत : हाँ साहब! कुर्ता-पैजामा पहने एक आदमी को तो, मैंने भी दद्दू के साथ देखा था उस दिन, जिस दिन मैं गाँव जा रहा था।

पुलिस कर्मी सारी बातों को एक डायरी में लिख लेता है। और बिट्टू एवँ देव का नाम और पता भी लिख लेता है।

पुलिस : ठीक है! अभी हम चलते हैं वसीहत, तुम कल फोटो ढूँढ के थाने आओ।

पुलिस कर्मी, बिट्टू और देव को इशारा करता है।

पुलिस : चलिए! आपको थाने छोड़ देता हूँ। फिर अगर ज़रूरत पड़ी, तो ज़रूर बुलाएंगे आप लोगों को।

सभी वहाँ से निकल जाते हैं। बिट्टू और देव, थाने से अपनी-अपनी साइकिल लेकर, घर की ओर निकलते हैं। एक दूसरे के समानतर साइकिल चलाते हुए बिट्टू और देव, रात में चल रही हल्की ठंडी हवा का मज़ा लेते हैं। बिट्टू थोड़ा निश्चिंत महसूस करता है। और देव अपने विचारों में ही खोया हुआ है। मोहल्ले से थोड़ी दूर तिराहे पर, देव अचानक साइकिल का ब्रेक मार देता है। बिट्टू, देव को देख, अपनी साइकिल की रफ़्तार को धीमी करते हुए, पैरों के सहारे से जैसे-तैसे साइकिल रोकता है।

बिट्टू : क्या हुआ? यहाँ क्यों रुक गए?

देव : गन्ने का जूस पीयोगे?

बिट्टू : हाँ! मुझे तो गन्ने का रस बहुत पसंद है।

देव, तिराहे के पास के बाज़ार में, भोला की दुकान की तरफ़ बढ़ता है, और बिट्टू उसके पीछे-पीछे चल देता है। बिट्टू और देव,

भोला की गन्ने की चरखी के पास लगी कुर्सीयों पर बैठ जाते हैं। भोला, देव को वहाँ देख बहुत ख़ुश होता है।

भोला : बताईए! निम्बू और पुदीना डाल के वही कड़क गन्ने का जूस बनाऊँ?

बिट्टू : हाँ! और मेरे जूस में ठंडी बर्फ़ भी डाल देना।

भोला जूस तैयार कर, बिट्टू और देव के सामने काँच के गिलास में परोसता है। बिट्टू पास रखे टेबल से, डब्बे में भरे काले नमक और मसाले को, अपने जूस में मिलाता है और दोनों जूस का आनंद लेते हैं। देव जूस पीते हुए, काँच के गिलास को बस देखता रहता है। और वसीहत के घर पर पानी पी रहे उस पल को याद करता है, जब उसने गिलास पर गुदे नाम को देखा था। हल्की मुस्कुराहट के साथ देव, जूस के गिलास के बाहर, बर्फ़ से भाप बने पानी में ऊँगली लगाता है। और अपनी गीली ऊँगली से टेबल पर "सरिता" लिख देता है।

देव, पानी से लिखे उस नाम को बस प्यार से देखता रहता है। तभी अपनी ओपन जीप में बबलू भैया, सिद्धू और अन्य लड़कों के साथ वहाँ से गुज़र रहे होते हैं। बबलू भैया की नज़र बिट्टू पर पड़ती है। बबलू भैया, अपनी जीप को एक कोने में खड़ाकर, भोला की चरखी पर पहुँचते हैं और बिट्टू और देव की टेबल के पास, अपने साथियों के साथ कुर्सियाँ लगा कर बैठ जाते हैं। बबलू भैया अपने हाथ में रखा एक बैग उस टेबल पर रख देते हैं, जिस पर देव ने सरिता का नाम लिखा था। वो पानी से लिखा नाम, उस बैग को टेबल पर रखने से, हल्का सा

मिट जाता है। यह देख, देव के चेहरे का भाव बदल जाता है। वो बबलू भैया को घूर कर देखने लगता है। बबलू भैया, बिट्टू को सर पर टपली मारते हुए-

बबलू : कब से ढूँढ रहा हूँ तुझे, था कहाँ?

बिट्टू : क्या बताऊँ भैया! बस दद्दू को ढूँढने के लिए गया था। फिर हम लोगों ने पुलिस में भी रिपोर्ट कर दी है आज।

बबलू : बहुत अच्छे! तू अकेले पुलिस स्टेशन चला गया था?

बिट्टू : नहीं! मेरे साथ देव भी गया था।

बिट्टू, देव की तरफ़ इशारा करता है।

बिट्टू : ये देव है। मेरा दोस्त।

बिट्टू, देव का परिचय बबलू भैया से करवाते हुए-

बिट्टू : ये बबलू भैया हैं! हम सब के बड़े भैया, हमारे मोहल्ले में ही रहते हैं।

बबलु, देव की तरफ़ हाथ बढ़ाता है। देव मिटे हुए सरिता के नाम को देख, थोड़ा सोच में डूब जाता है। फिर अपनी सोच कि दुनिया से बाहर आकर, हल्की मुस्कान के साथ बबलू से हाथ मिलाता है। बबलु, सिद्दू का परिचय बिट्टू और देव से करवाता है।

बबलू : देखो! जिस काम से मैं तुमको ढूँढ रहा था। वो ये है कि तुमको दद्दू को ढूँढना है ना?

बिट्टू : हाँ भैया!

बबलू : ये सिद्दू है।

सिद्दू, देव और बिट्टू को देख मुस्कान के साथ सर हिलाता है।

बबलू : ये यहाँ का टेलीविज़न केबल चलाता है। और बाक़ी एरिया का जो केबल चलाता है, उससे भी अपनी दोस्ती हो गई है। तो तुम दद्दू की सारी जानकारी इसे दे दो। ये अपने टेलीविज़न केबल के माध्यम से, दद्दू की लापता होने की ख़बर, मेरे फ़ोन नंबर के साथ, सब जगह फैला देगा। और किसी को दद्दू की कोई ख़बर मिलेगी, तो वो मेरे घर के लैंडलाइन नंबर पर संपर्क कर लेगा। दद्दू की जानकारी प्राप्त करने के लिए मैं अपना नंबर दे देता हूँ।

देव : आईडिया अच्छा है!

बिट्टू : ठीक है! जैसे जो करना है कीजिए भैया। बस दद्दू को ढूँढ दीजिए।

बिट्टू, दद्दू की सारी जानकारी सिद्दू को देता है। गन्ने के जूस का स्वाद लेते हुए सभी, वहाँ बैठ कर दद्दू की लापता होने की ख़बर को, अच्छी तरह वार्तालाप कर तैयार करते हैं। और फिर अपने-अपने सफ़र के पहियों पर सवार हो कर, अपने घरों की ओर चले जाते हैं।

अगले दिन की दोपहर का वक़्त हो चला था। चिल-चिलाती धूप में मोहल्ले की सड़क एकदम शांत और सुनसान हो रखी

थी। बिट्टू और मोहल्ले के सभी बच्चे बहुत देर तक, वीरेंद्र के घर की कलर टेलीविज़न के सामने बैठ, केबल के एक मात्र चालू चैनल पर नज़र गड़ाए बैठे थे। ये वही एकमात्र चालू चैनल था, जिस पर सिद्धू और उसके विपक्षी दल ने नई फ़िल्में दिखाने का प्रचार-प्रसार किया था। लोग अक्सर फ़िल्म देखते हैं और अगर बीच में कोई प्रचार आ जाए, तो प्रचार के ख़त्म होने का बेसब्री से इंतज़ार करते हैं। पर यहाँ कहानी उल्टी थी। बिट्टू और उसके साथी फ़िल्म का नहीं, बल्कि प्रचार का बेसब्री से इंतज़ार कर रहे थे। वीरेंद्र की मम्मी के हाथ के बने पकौड़ों का स्वाद लेते हुए, सब बस टेलीविज़न की तरफ़ आस लगाए बैठे थे कि अब बस दद्दू के लापता होने की ख़बर का प्रचार हो, और दद्दू मिल जाएँ। तभी उन निराश चेहरों पर ख़ुशी की झलक आ ही जाती है। सिद्धू के चेहरे और आवाज़ में, दद्दू के लापता होने की जानकारी, टेलीविज़न के स्क्रीन पर चल रही थी। और नीचे बबलू भैया का लैंडलाइन नंबर संपर्क करने के लिए फ़्लैश हो रहा था। पप्पू ख़ुशी से झूम उठता है, और नाचने लग जाता है।

पप्पू : आ गया! आ गया! प्रचार आ गया।

बिट्टू और सभी साथी, उसे घूर कर देखते रहते हैं।

चुन्नू : प्रचार ही आया है। इतना ख़ुश मत हो, दद्दू मिले नहीं हैं अभी।

पप्पू शांति से, अपनी जगह पर वापस बैठ, प्लेट में रखे पकौड़ों को खाने में लग जाता है।

शाम के वक़्त, देव अपने आँगन में कुर्सी डाल कर बैठा है। तभी देव का नौकर, दो आदमियों को लेकर वहाँ पहुँचता है। पतले से दिखने वाले, ये दोनों आदमियों में से एक के हाथ में बैग, और दूसरे के हाथ में सूटकेस था। दोनों देव के पास आकर खड़े होते हैं। देव उन दोनों को ऊपर से नीचे देखता है, और फिर एक नज़र अपने नौकर को देखता है।

देव : अच्छे से कर लोगे?

पहला आदमी : आज से थोड़ी कर रहे हैं साहब। ख़ानदानी पेशा है हमारा।

दूसरा आदमी : हाँ! आप बस बताईए।

देव : क्या बताऊँ?

पहला आदमी : नाम और जगह?

देव : सरिता! सरिता नाम है।

दूसरा आदमी : जगह?

देव थोड़ी देर सोचता है, फिर लम्बी साँस लेता है। फिर अपनी आँखे चढ़ाए, नौकर को इशारा करता है। नौकर सरपट घर के अंदर की तरफ़ भागता है, और अंदर से हाथ में एक गिलास लाकर देता है। देव गिलास को अपने एक हाथ में पकड़ता है, और दूसरे हाथ की कलाई को आगे करते हुए-

देव : एक इस गिलास पर, और एक इस कलाई पर।

दोनों आदमी, अपना-अपना बैग और सूटकेस खोल, उसमें से अपने औज़ार निकाल कर आँगन में बैठ जाते हैं। एक आदमी गिलास पर सरिता का नाम गूदना शुरू करता है, और दूसरा आदमी देव की कलाई पर। देव, जो वैसे तो इंजेक्शन लगवाने से भी डरता था। वो हाथ में सरिता के नाम का टैट्टू गुदवाते हुए, टैट्टू की सूई से हो रही गुदगुदी को झेल, अजीब-अजीब सी आवाज़ें निकालने लगता है।

देव : आ! उई! अहाहाहा! आउच! आराम से! एह हे हे! हुई-हुई! ओउउउउ।

नौकर, देव की ऐसी बचकानी हरकतों को देख, ठहाके मारके हँसने लगता है। रात में तब्दील होती उस शाम के गाढ़ेपन का रंग, देव की हाथ की कलाई में गुदे उस नाम में छप जाता है। "सरिता"

समय बीतता जाता है। क़रीब दो दिन के बाद, सुबह के समय बिट्टू अपने बिस्तर पर पड़ा रहता है। और बिट्टू की माँ हाथ में कैलेंडर लिए, उसमे तारीख़ों के ऊपर पहियों के जैसे कुछ गोले बना रहीं थीं। मध्यम वर्गीय परिवार अपने कैलेंडर पर ऐसे ना जाने कितने गोले खींचता है, जिससे उन्हें किस दिन, कौन सा काम करना है, वो याद रहे। बाहर मोहल्ले में हल्की चहल-पहल थी, तभी बबलू भैया के घर के लैंडलाइन की घंटी की आवाज़ आसपास के घरों तक गूँजती है।

बबलू भैया फ़ोन उठाते हैं, और बात कर के फ़ोन रख देते हैं। अपने छत की बाल्कनी से मोहल्ले के बच्चों को ढूँढती बबलू भैया की नज़र, पप्पू पर पड़ती है।

बबलू : पप्पू! सुन! ऊपर आ, ज़रा काम है तुझसे।

पप्पू, दो मिनट रुक कर सोच में खो जाता है। उसको लगता है कि बबलू भैया फिर से उसका मज़ाक़ उड़ाएंगे मोहल्ले वालों के सामने।

पप्पू : अरे! मैं नहीं आ रहा, मुझे पता है आप फिर से मेरा मज़ाक़ उड़ाओगे।

बबलू : अच्छा रुक! मैं ही नीचे आता हूँ।

बबलू भैया को नीचे उतरता देख, पप्पू डर के वहाँ से भाग जाता है। बबलू भैया नीचे आकर पप्पू को भागते हुए देख, अपना सर पकड़ लेते हैं। फिर थोड़ा आसपास नज़र दौड़ाते हैं। किसी पहचान वाले बच्चे के मोहल्ले में ना दिखने पर, बबलू भैया बिट्टू के घर के सामने जाकर आवाज़ लगाते हैं।

बबलू : बिट्टू!

बिट्टू, बबलू भैया की आवाज़ सुन, बिस्तर से तुरंत उतर कर गेट पर जाता है। आँख मसलता हुआ बिट्टू, नींद से निकलने की कोशिश करता है। बबलू भैया पास आ कर बिट्टू से कहते हैं-

बबलू : दद्दू मिल गए हैं! सबको बोल बारह बजे यहीं पुलिया पर मिलें। हम सब साथ जाएंगे।

ये बोल, बबलू भैया वहाँ से निकल जाते हैं। ये ख़बर सुन, बिट्टू की ख़ुशी का ठिकाना नहीं रहता। बिट्टू तुरंत घर के अंदर

जा कर तैयार होता है। और अपनी शेरा को अपने साथ ले, सब में दद्दू के मिलने की ख़बर को फैलाने के लिए, अपने सफ़र पर, पहियों को पैडल मारे निकल पड़ता है।

अध्याय 10

सफ़र का कोई अंत नहीं

कहने वालों ने भी क्या ख़ूब कहा है, कि सफ़र का कोई अंत नहीं होता। एक सफ़र ख़त्म, तो दूसरा शुरू हो जाता है। हाँ! अंत की चिंता करते हुए, जिसने सफ़र का आनंद नहीं लिया, वो चिंता के पहियों में ही घूमता रह जाता है। पहिये जब ज़िन्दगी के सफ़र में हों, तो इंसान को आनंद लेना ही चाहिए। देखिए! कैसे मोटरसाइकिल पर कुर्ता-पैजामा पहनें, पुलिस कर्मी के पीछे सवार, ख़ुद को कवि समझने वाले ये व्यक्ति, सुबह की हल्की-हल्की धूप का आनंद ले रहे हैं। मोटरसाइकिल के पहिये, पुलिस थाने के बाहर रुकते हैं। पुलिस कर्मी इन कवि महोदय को लेकर अंदर जाते हैं। पुलिस कर्मी, पास रखी एक बैठने वाली मेज़ की तरफ़ इशारा करते हुए-

पुलिस : यहीं बैठो, साहब आ रहे हैं! उन्हें तुमसे पूछ-ताछ करनी है।

कवि महोदय अपनी मासूमियत में खोए, जेब से काग़ज़ और क़लम निकाल, पुलिस थाने के माहौल पर कविता सोचने लगते हैं। तभी लड़खड़ाता हुआ एक बेवड़ा आदमी अंदर से चलता हुआ आता है और कवि के बगल में बैठ जाता है।

कवि की तरफ़ देख, अजीब सा चेहरा बनाए ये आदमी, हल्का मुस्कुराता है और लम्बी साँस लेता है। साँस से आती दारू की बदबू को सूंघ, कवि महोदय असहज महसूस करते हैं।

कवि : इतनी क्यों पी लेते हों कि चलते भी ना बने?

बेवड़ा : (लड़खड़ाती ज़ुबां में) मैं तो कितनी भी पी लूँ, चल लेता हूँ।

कवि : तो अभी क्यों लड़खड़ा रहे थे?

बेवड़ा : वो तो मैंने कल रात में पी थी, फिर बाहर हंगामा कर रहा था रोड पर, तो पुलिस मुझे उठा कर ले आई।

कवि : फिर?

बेवड़ा : फिर क्या? यहाँ भी हंगामा और तोड़फोड़ कर दिया मैंने।

कवि : वही तो पूछ रहा हूँ कि इतनी क्यों पी लेते हों की चलते भी ना बने।

बेवड़ा : वही तो बता रहा हूँ, कि पीने के बाद तो मैं चल लेता हूँ।

कवि : (गुस्से में) अरे! तो लड़खड़ा क्यों रहे थे?

बेवड़ा : (रोते हुए) क्योंकि थाने में हंगामा और तोड़फोड़ करने के बाद, पुलिस वालों ने मुझे बहुत मारा। चलते नहीं बन रहा है।

कवि : ओह!

बेवड़ा : वैसे तुम्हे क्यों बुलाया है यहाँ?

कवि : पूछताछ करने के लिए।

बेवड़ा : सही जवाब देना, वरना तुम्हारी चाल भी बेवड़ों जैसी हो जाएगी।

कवि महोदय, जो पहली बार पुलिस थाने आए थे, वो ये सुन के बहुत डर जाते हैं। तभी थाने के इंचार्ज वहाँ पहुँचते हैं। और कवि को अपने केबिन में बुलाते हैं। डरे-सहमे कवि, थाना इंचार्ज के सामने बैठ, पास रखे पानी के गिलास से पानी पी कर, अपने डर को गटकने की कोशिश करते हैं। तभी पुलिस थाने के लैंडलाइन फ़ोन पर एक सूचना आती है। एक पुलिस कर्मी, थाना इंचार्ज के केबिन के दरवाज़े से अनुमति लेकर अंदर आता है।

पुलिस कर्मी : सर! फ़ोन आया था उन लोगों का, जिन्होंने उस बूढ़े आदमी की लापता होने की कम्प्लेन लिखवाई थी। वो बूढ़े आदमी, जिसका नाम शायद दद्दू लिखवाया था, वो मिल गए हैं। पर अभी जगह नहीं मालूम। वो भी थोड़े समय में पता चल जाएगा, वो हमें सूचित कर देंगे।

इंचार्ज : ठीक है!

थाना इंचार्ज, कवि की तरफ़ देखते हुए।

इंचार्ज : यही दद्दू के लापता होने के मामले में आपसे पूछ-ताछ करनी थी। पर अब सूचना मिल गई है, तो पहले उनकी

जगह पता चलने देते हैं, फिर आपसे पूछताछ करेंगे। तब तक आप यहीं रुकिए थाने में।

कवि वापस बाहर आ, उसी मेज़ पर बैठ जाता है और पहिये के आकार की दीवार घड़ी के घूमते हुए काँटों को देखने लगता है।

वहाँ बिट्टू, देव के घर चाय-बिस्कुट खाता हुआ, घड़ी को ताक रहा होता है। घड़ी में बारह बजने में पंद्रह मिनट बचे हुए हैं। देव अंदर के कमरे से तैयार हो कर बाहर आता है।

देव : मैंने पुलिस थाने में फ़ोन करके ख़बर कर दी है कि "तुम्हारे दद्दू मिल गए हैं। पर अभी कहाँ है? बस वो नहीं पता, वो पता चलते ही उनको बता देंगे।"

बिट्टू : ठीक है! मैंने भी सबको बता दिया है कि "बबलू भैया ने सबको बारह बजे बुलाया है पुलिया पर।"

देव भी एक नज़र घड़ी की तरफ़ देखता है।

देव : चलें अब?

बिट्टू चाय को एक घूँट में पीकर, जैसे ही देव के साथ निकलने को खड़ा होता है। अचानक रुक जाता है। देव उसकी तरफ़ देख, जल्दी चलने का इशारा करता है। बिट्टू धीरे से अपना पेट पकड़ता है और उसके अंदर हो रही गुड़-गुड़ को महसूस करता है।

देव : क्या हुआ?

बिट्टू अपने हाथ की प्रथम दो उँगलियाँ उठा कर, बाथरूम जाने का इशारा करता है। देव, गुस्से भरी नज़रों से बिट्टू को देखता है और बाथरूम का रास्ता बता, चुप-चाप कुर्सी पर बैठ जाता है। बिट्टू जल्द ही बाथरूम से अपना प्रेशर हल्का कर बाहर निकलता है और चैन की साँस लेते हुए-

बिट्टू : वो क्या है ना! सुबह दद्दू की ख़बर सुनते ही, जल्दी-जल्दी में अच्छे से फ्रेश नहीं हो पाया था।

देव : अब हो गए?

बिट्टू : हाँ!

देव : चलो फिर।

देव और बिट्टू, अपनी-अपनी साइकिल पर सवार, बिट्टू की मोहल्ले की पुलिया की तरफ़ बढ़ते हैं। पुलिया पर बबलू भैया, अपनी ओपन जीप में कुछ बच्चों को बैठाए, वहाँ खड़े हैं, और बिट्टू का इंतज़ार कर रहे हैं। ओपन जीप के आसपास कई साइकिल के पहिये भी, जीप के साथ शान से खड़े इतरा रहे हैं। बिट्टू के मोहल्ले और मजदूर मोहल्ले के सभी बच्चे, अपनी-अपनी साइकिल और बबलू भैया की जीप में सवार होकर, दद्दू से मिलने को बेक़रार हैं। तभी बिट्टू और देव वहाँ पहुँचते हैं। बबलू भैया देव को देख, मुस्कुरा कर उसका स्वागत करते हैं। देव भी हल्की मुस्कान के साथ अपना सर हिला, मिलनसार होने की तरफ़ एक क़दम बढ़ाता है।

बबलू : सभी लोग आ गए हैं, तो हम सब निकले?

सभी बच्चे एक स्वर में चिल्लाते हैं।

"हाँ!"

बबलू भैया देव को देखते हुए।

बबलू : तुम अपनी साइकिल खड़ी कर दो। आ जाओ! जीप से चलो।

देव : नहीं! मुझे इससे चलने में बहुत मज़ा आता है।

बबलू : ठीक है! तो फिर चलो।

सभी लोग बबलू भैया की जीप के पीछे, एक रैली की तरह, अपनी मंज़िल की तरफ़ बढ़ते हैं। इतने सारे अलग-अलग प्रकार के पहिये, सड़कों पर एक साथ काफ़ी ख़ूबसूरत दिखाई पड़ रहे हैं। साइकिल के पीछे बैठे हुए बच्चे, आपस में मस्ती करते हुए और कुछ चर्चाएँ करते हुए, हैंडल पकड़े बच्चों के ऊपर सफ़र का भार छोड़, चले जा रहे हैं। सफ़र का पूर्ण मज़ा लेते हुए सभी बच्चे, बबलू भैया और देव के साथ, सरकारी अस्पताल के बाहर आ रुकते हैं। देव एक पल के लिए बबलू को देखता है। सभी बच्चे अस्पताल में दद्दू के होने की बात को सोचकर ही घबरा जाते हैं। बबलू भैया जीप से उतर कर, सभी बच्चों को बाहर ही रुकने का बोल, अस्पताल में अंदर की तरफ़ जाते हैं। सभी बच्चे आपस में चर्चा करना शुरू कर देते हैं-

"दद्दू को क्या हुआ होगा?"

"दद्दू ठीक होंगे या नहीं?"

सबकी चर्चाओं की धीमी-धीमी आवाज़ मिल कर, मच्छी बाज़ार जैसा शोर खड़ा कर देती है। देव सबसे शांत रहने का आग्रह करता है। तभी बबलू भैया अंदर से बाहर आते हैं।

बबलू : तुम सब के दद्दू अंदर ही हैं। मेरी बात अभी डॉक्टर से हुई। हुआ यूँ था, कि कोई आदमी दद्दू को यहाँ छोड़ कर चला गया था। उस आदमी ने दद्दू को सड़क किनारे बेहोश पड़ा देखा था, तो वो उन्हें यहाँ अस्पताल ले आया, और दद्दू को भर्ती करवा के चला गया। दद्दू को दिल का दौरा पड़ा था। उनका स्वास्थ्य ठीक नहीं हैं, डॉक्टर को उनके किसी रिश्तेदार या परिचित के बारे में कुछ पता नहीं था, इसलिए वो किसी को बता नहीं पाए। वो डॉक्टर ने केबल टेलीविज़न पर जब देखा, तो उन्होंने हमें बता दिया।

सभी बच्चे आपस में वापस चर्चा कर, शोर करने लग जाते हैं। देव सभी बच्चों को शांत करवाता है।

बिट्टू : पर भैया! दद्दू ठीक तो हो जाएंगे ना?

बबलू : डॉक्टर ने कहा है कि दद्दू को किसी और अस्पताल में ले जाना पड़ेगा। यहाँ उनका इलाज तो हो रहा है, पर ज़्यादा सुधार देखने को नहीं मिल रहा। दद्दू को हार्ट की सर्जरी की ज़रूरत है। उनका ऑपरेशन करवाना होगा। डॉक्टर का कहना है कि किसी अच्छे और बड़े अस्पताल में उन्हें भर्ती करवाया जाए। जहाँ दिल का अच्छा इलाज हो सके और अनुभवी डॉक्टर मौजूद रहें, जिससे दद्दू का पूर्ण इलाज हो सके।

देव, सभी बच्चों को सहानुभूति देते हुए-

देव : चिंता मत करो! दद्दू जल्द ही ठीक हो जाएंगे।

देव, बबलू को बच्चों से थोड़ा दूर ले जाते हुए-

देव : तो एम्बुलेंस में दद्दू को दूसरे अस्पताल ले जाने की तैयारी करते हैं। और मैं जब तक पुलिस थाने में फ़ोन कर के उन्हें बता देता हूँ।

बबलू : ठीक है!

देव, अस्पताल के फ़ोन से, पुलिस थाने में फ़ोन कर के दद्दू की सारी जानकारी, थाना इंचार्ज को देता है। थाना इंचार्ज अपने पुलिस कर्मी को बुला कर, उन्हें अस्पताल जाने को कहते हैं। साथ ही कवि महोदय को सम्मान के साथ वापस छोड़ आने का आदेश देते हैं। कवि महोदय, वापस पुलिस कर्मी के मोटरसाइकिल के पहियों की सवारी का मज़ा लेते हुए, अपने घर के पास उतर, चैन की साँस लेते हैं और पुलिस कर्मी को रोक, उनसे एक आग्रह करते हैं।

कवि : सर! मैंने अभी पुलिस स्टेशन में बैठे-बैठे एक कविता लिखने का प्रयास किया है। आप सुनेंगे?

पुलिस : ज़रूर सुनता महोदय! पर अभी ड्यूटी पर हूँ, कभी और सुनेंगे।

कवि, काग़ज़ पर लिखी अपनी कविता को मन में पढ़ता हुआ, अपने घर में चला जाता है।

अस्पताल में पुलिस कर्मी, सभी जानकारी का लेखा-जोखा कर, दद्दू के लापता होने के केस को बंद कर देता है। वहाँ बबलू भैया, डॉक्टर से दद्दू को दूसरे अस्पताल ले जाने के लिए, सभी दस्तावेज़ों का काम निपटा कर बाहर आते हैं, और देव से मिलते हैं।

बबलू : अभी दस्तावेज़ों के काम तो हो गए हैं। पर वो दद्दू के किसी अपने को, दस्तावेज़ों पर हस्ताक्षर करने का बोल रहे थे। यहाँ तो मैंने बात कर के समझा दिया है। पर डॉक्टर ने कहा कि दिल का इलाज करने से पहले कोई भी बड़ा अस्पताल, दद्दू के किसी अपने का हस्ताक्षर माँगेगा।

देव : ठीक है! तुम दद्दू को लेकर दूसरे अस्पताल पहुँचो। मैं दद्दू के घर से वसीहत को ले कर वहाँ पहुँचता हूँ।

एम्बुलेंस के पीछे, साइकिल के पहियों का काफ़िला, सरकारी अस्पताल से निकल एक बड़े अस्पताल में प्रवेश करता हैं। एम्बुलेंस के पीछे इतने सारे बच्चों को देख, सिक्योरिटी वाले सभी बच्चों को अस्पताल के बाहर, पार्किंग में ही रुकने का आदेश देते हैं। बबलू भैया, दद्दू को अस्पताल में भर्ती करवाते हैं और दस्तावेज़ों में हस्ताक्षर के लिए वसीहत का इंतज़ार करते हैं।

थोड़े समय में देव, वसीहत को ले कर अस्पताल पहुँचता है। वसीहत घबराया सा, अस्पताल के अंदर खड़े बबलू भैया के पास पहुँचता है। देव भी उसके पीछे अस्पताल के अंदर प्रवेश करता है।

वसीहत : कैसे हैं दद्दू? सब ठीक है ना? क्या हुआ उन्हें?

हाथ में भर्ती के और ऑपरेशन के दस्तावेज़ों को पकड़े हुए बबलू भैया, पूरा वाक्या वसीहत को बताते हैं। और उसे फॉर्म भर कर हस्ताक्षर करने को कहते हैं।

बबलू : यहाँ दद्दू का नाम लिखना है। क्या नाम है उनका?

वसीहत : "जयदीप प्रसाद"

देव ये नाम सुन, थोड़ा सोच में पड़ जाता है। देव की नम आँखों में, गुस्सा और आँसू दोनों एक साथ उमड़ पड़ते हैं। देव को अचानक, वसीहत के घर पर पानी पीते हुए गिलास में गुदा नाम, फिर से याद आता है और वो मद्धम आवाज़ में फुसफुसाता है।

देव : "कमला देवी"

वसीहत, अस्पताल के दस्तावेज़ों पर हस्ताक्षर करने ही जा रहा होता है, कि तभी देव उसे रोक देता है।

देव : रुको एक मिनट! हस्ताक्षर मत करना अभी।

देव, बबलू की तरफ़ इशारा करते हुए-

देव : दद्दू कहाँ है?

बबलू : सामने जनरल वार्ड में रखा है अभी। फॉर्म भरने के बाद इलाज की प्रक्रिया शुरू करेंगे।

देव भागता हुआ, जनरल वार्ड की तरफ़ जाता है और दद्दू के बेड के पास जा, उनका चेहरा देखता है। दद्दू का चेहरा देखते ही देव आश्चर्यचकित रह जाता है। बहुत ग़ौर से उस चेहरे को बस देखता ही रहता है, और कुछ नहीं कहता। बेहोस पड़े दद्दू, कोई प्रतिक्रिया नहीं दे रहे हैं। देव कुछ क्षण वहीं खड़ा, ख़्यालों में खोया हुआ दद्दू को एक टक घूरता रहता है। अपने सभी विचारों से जूझता हुआ देव, यादों की हर गली से, दो मिनट में घूमता हुआ, वापस वर्तमान में आता है। देव के आँखों से आँसू, रोके नहीं रुकते हैं। क़दमों को पीछे लेते हुए और अपने आँसूओं को पोंछते हुए, देव वापस बबलू और वसीहत के पास पहुँचता है।

देव : लाओ! कहाँ हस्ताक्षर करने हैं?

बब्लु, देव के बहते आँसुओ को देख थोड़ा चिंतित हो जाता है।

बबलू : क्या हुआ? सब ठीक तो है?

देव : ये दद्दू! मेरे पिताजी हैं।

ये सुन, वसीहत और बबलू दोनों सन्न रह जाते हैं। वसीहत, क़लम देव को पकड़ा देता है। देव ऑपरेशन के दस्तावेज़ों पर हस्ताक्षर करता है और डॉक्टर्स इलाज की प्रक्रिया में लग जाते हैं।

बहुत बड़े से आलीशान घर में, झूमर से आती रौशनी के नीचे सोफ़े पर, जयदीप प्रसाद अपनी बीवी कमला देवी के साथ बैठे, कुछ पारिवारिक बातों में व्यस्त थे। तभी देव, अपने साथ

सरिता को ले कर घर में प्रवेश करता है। जयदीप और कमला देवी, देव को अचानक किसी के साथ घर में आता देख, आश्चर्य में पड़ जाते हैं। देव अपने माता-पिता के क़रीब जा कर खड़ा हो जाता है।

देव : माँ! ये सरिता है।

सरिता दोनों को हाथ जोड़ कर नमस्ते करती है। जयदीप और कमला देवी भी नमस्ते कर, सरिता का स्वागत करते हैं।

देव : पिताजी! मैं सरिता से शादी करना चाहता हूँ।

जयदीप और कमला देवी थोड़े ख़ुश भी होते हैं, पर एकदम से ये बात देव के मुँह से सुन, थोड़े विचार में पड़ जाते हैं।

जयदीप : बेटा! ये सब बातें ऐसे जल्दीबाज़ी में नहीं होतीं। आराम से बैठो! और बताओ क्या बात है? कैसा है सब? फिर फैसला करते हैं इस पर।

सच को दबा या छुपा के, बात आगे बढ़े और फिर बाद में कोई निष्कर्ष निकले, इससे पहले सरिता मुस्कुराते हुए अपना सच, देव के माता-पिता के सामने रख देती है।

सरिता : मैं किन्नर हूँ! मैं और आपका बेटा एक दूसरे से प्यार करते हैं। और आपका बेटा चाहता है कि हम शादी करें। वैसे तो मैं इन्हे पहले ही मना कर चुकी हूँ, क्योंकि मैं जानती हूँ कि ये संभव नहीं है। ये समाज इस बात को नहीं मानेगा, पर इनका मानना है कि आप लोग समाज से अलग हट के, इस रिश्ते को अपनाओगे।

जयदीप और कमला देवी, अपने बेटे देव की प्रेमिका के किन्नर होने का सच जान कर, एकदम सदमे में आ जाते हैं। उनके चेहरे से ख़ुशी एकदम उड़ जाती है। और वो शाँत होकर, एक दूसरे को ताकते हुए, वहाँ खड़े रहते हैं।

देव : माँ! कुछ तो बोलो।

जयदीप : (गुस्से में) बोलना क्या है इसमें? तू कुछ भी पागलपन करेगा और हमसे उम्मीद करेगा कि हम तेरा उसमे साथ देंगे? हमें तो समझ नहीं आ रहा कि क्या बोलें?, किसको बोलें?, क्या समझें? या क्या समझाएँ? और किसको समझाएँ? हमारी इज़्ज़त का ज़रा सा भी खयाल नहीं किया तूने? एक बार भी अपने परिवार के बारे में सोचा? हमसे जवाब लेने तो आ गया? पर ये भी नहीं सोचा कि हमारे ऊपर क्या गुज़रेगी? समाज क्या बोलेगा? नहीं! बिल्कुल नहीं! हम इसे अपना नहीं सकते।

देव : क्या कह रहे हैं आप? क्या ग़लत कर दिया है मैंने?

जयदीप : जब तुझे कुछ ग़लत लग ही नहीं रहा, तो हमसे क्या पूछ रहा है?

बाप और बेटे में झगड़ा आगे बढ़ते देख, सरिता दोनों को शाँत करवाते हुए, बीच में बोलती है-

सरिता : शाँत हो जाईए आप लोग! देव बस आपसे, आपकी मर्ज़ी जानना चाहते थे। और चिंता मत कीजिए! आपकी मर्ज़ी के बिना, हम कोई ऐसा क़दम नहीं उठाएंगे, जिससे किसी को

भी तकलीफ़ हो। मैं किन्नर हूँ, हम! लोगों की ख़ुशियों में उनको आशीर्वाद देते हैं। किसी की ख़ुशियाँ छीनते नहीं।

सरिता सभी को देख मुस्कुराती है, और नमस्ते कर वहाँ से चली जाती है।

कुछ दिन बीत जाते हैं। देव की हिम्मत नहीं होती सरिता से मिलने की, और ना अपने माँ-बाप के सामने जाने की। देव की मन में बनाई हुई हसीन दुनिया, उसे धीरे-धीरे बिखरती हुई नज़र आती है। ख़ुद को एक कमरे में बंद कर देव, बस विचारों की दुनिया में, वापस सब समेटने का प्रयास करता रहता है। और धीरे-धीरे देव की बेचैनी बढ़ती ही जाती है। ख़ुद को अकेलेपन में डूबता और बेचैन होता देख देव, वापस सरिता के साथ के लिए अंदर ही अंदर तड़पता रहता है।

दिन गुज़रते जाते हैं। कुछ दिनों के बाद अपने अंदर से हिम्मत को वापस इकट्ठा कर देव, ये फैसला करता है कि वो सरिता के साथ ही ज़िन्दगी बिताएगा। चाहे उसका परिवार माने या ना माने। सरिता को खोजता हुआ देव, सरिता के निवास स्थान पर पहुँचता है। पर वहाँ सरिता उसे नहीं मिलती। देव, सरिता की सभी तस्वीरें उसके घर से उठा लेता है। और सुधीर के साथ गाँव और आसपास के क्षेत्र में सरिता को बहुत ढूँढता है, पर सरिता की कोई ख़बर नहीं मिलती। धीरे-धीरे हालातों से निराश देव, सरिता से दूर होने का ज़िम्मेदार, अपने परिवार को मानने लगता है। और उनसे दूर होने का फैसला कर लेता है। अपने माँ-पिताजी के पास जाकर देव, उन लोगों से अलग होने का अपना फैसला, उन्हें सुना देता है। जयदीप और कमला देवी,

देव को समझाने का और उसे रोकने का बहुत प्रयास करते हैं। पर देव बिना कुछ सुने, वहाँ से चला जाता है।

"देव-देव"

आवाज़ गूँजती हैं, और सब धुँधला सा होता जाता है।

धुँधली यादों में देव, अपने परिवार और अपने शहर को छोड़, ट्रेन में सवार हो कर, दूसरे शहर जाने लगता है। ट्रेन के घूमते पहियों से होता हुआ देव, अपने वर्तमान में, यादों के पहियों से बाहर निकलता है। पास खड़ा बबलू उसे आवाज़ देता है-

"देव-देव"

एक कोने में माथे पर हाथ रखा देव, अपने पसीने से भरे चेहरे को पोंछता है। यादों की लम्बी यात्रा से वापस आया देव, ज़ोर-ज़ोर से लम्बी साँस लेकर, ख़ुद के मन को शांत करता है। इतने समय बाद, अपने पिता को इस हालत में देख, देव अंदर से हर साँस के साथ बिखरता जाता है और हर साँस के साथ ख़ुद को हिम्मत देता है। पास खड़ा बबलू उसके कंधे पर हाथ रखता है।

बबलू : ठीक हो ना? दद्दू का ऑपरेशन हो गया है। डॉक्टर्स का कहना है कि उनकी हालत में बहुत सुधार नहीं है, पर पहले से थोड़े बेहतर हैं। तुम चाहो तो उन्हें देख सकते हो।

वसीहत, अस्पताल के बाहर बैठे सभी बच्चों के पास जाता है, जो दद्दू का इलाज सही तरीक़े से होने का इंतज़ार कर रहे हैं।

वसीहत : ऑपरेशन हो गया है, दद्दू पहले से ठीक हैं।

सभी बच्चे ख़ुशी के मारे झूमने लगते हैं।

वसीहत, दद्दू के सेहत में ज़्यादा सुधार ना होने की बात को बच्चों से छुपाता है, ताकि बच्चे निराश ना हों। सभी बच्चे ख़ुशी से अस्पताल के बाहर नाचने लग जाते हैं। वसीहत उन्हें देख मुस्कुराता हुआ वापस अंदर चला जाता है।

अस्पताल के अंदर बैठा देव, कमरे के बाहर से ही, बेहोश पड़े अपने पिता को देखता है और बिना कुछ कहे, वहाँ से चला जाता है। धीरे-धीरे दिन बीतने लगते हैं। सभी बच्चे रोज़ दद्दू से मिलने अस्पताल आने-जाने लगते हैं। बिट्टू वसीहत के साथ मिलकर, दद्दू के बग़ीचे के ताज़े फल, रोज़ दद्दू को खिलाने अस्पताल आता है। और दद्दू के साथ मोहल्ले के सभी बच्चे भी बहुत मस्ती भरा समय बिताते हैं।

जब से दद्दू को होश आया है, तब से देव उनसे एक बार भी मिलने नहीं आया। बबलू भैया इस बात से थोड़े परेशान होते हैं, और देव को जैसे-तैसे समझा कर, अस्पताल ले आते हैं। बहुत हिम्मत जुटाकर देव, अपने बूढ़े पिता के सामने आता है। दद्दू अपने चश्में को ठीक कर, ध्यान से देव को देखते हैं। दद्दू को अपनी आँखों पर विश्वास नहीं होता, कि उनका बेटा उनसे मिलने आया है। वो भी इतने सालों की नाराज़गी छोड़ कर। दद्दू अपने आँसू रोक नहीं पाते। बूढ़ा बदन हल्का काँपने लगता है। और मोटे चश्में के पीछे से आँसू, बिना रुकावट बहना शुरू कर देते हैं। अस्पताल के बिस्तर पर लेटे हुए दद्दू के पास, देव आ कर बैठता है और उनका हाथ पकड़ता है। देव के स्पर्श से अपने

जीवन के सारे दर्द को इकट्ठा करते हुए दद्दू, फूट-फूट कर रोना शुरू कर देते हैं। दद्दू को रोता देख, देव भी अपने आँसू रोक नहीं पाता। पास खड़े बबलू भैया, दोनों बाप-बेटे को एकांत समय देने के लिए, बाहर चले जाते हैं। देव, दद्दू के हाथ को अपने दोनों हाथों में पकड़ता है। दद्दू लड़खड़ाती और हल्की रोतली आवाज़ में देव से बात करते हैं-

दद्दू : कैसा है तू?

देव : आपको पता था कि मैं यहाँ इस शहर में हूँ?

दद्दू अपना सर हल्का सा हिला कर, देव को जवाब देते हैं-

दद्दू : हाँ! तेरा बाप हूँ। तू तो अपने हक़ का हिस्सा लेकर, अपना जीवन जीने निकल गया था हमें छोड़कर। पर तू हमारा ही हिस्सा है, ये सच तो कोई नहीं बदल सकता।

देव : कभी मन नहीं किया कि आकर मिल लो मुझसे? इसी शहर में रहते हुए भी?

दद्दू : मन तो बहुत किया, पर हिम्मत नहीं हो रही थी। वैसे भी तेरी माँ के जाने के बाद, मुझमें कोई भी हिम्मत नहीं बची थी।

देव अपनी माँ की ख़बर सुन बेचैन हो जाता है।

देव : क्या हुआ माँ को?

दद्दू : तेरे जाने के बाद वो सदमे में रहने लगी थी। उसकी तबियत भी बहुत बिगड़ने लगी थी। तेरे जाने के दो साल के अंदर ही उसका देहाँत हो गया।

देव अपने आँसुओं को रोक नहीं पाता, और फफक के रोने लगता है। दद्दू, देव के हाथ को, अपने काँपते हुए हाथों से सहला कर, उसे सांत्वना देने की कोशिश करते हैं।

देव : सब तो धीरे-धीरे मुझे छोड़ कर चले गए, और अब आप भी कहीं छोड़ ना जाओ।

दद्दू : जाना तो एक दिन सबको होता ही है ना बेटा।

देव : मुझसे नहीं होता बर्दास्त किसी का छोड़ के जाना, मैं नहीं संभाल पाता हूँ ख़ुद को।

दद्दू : पर हम सब इस दुनिया में मेहमान की तरह ही हैं ना बेटा! एक दिन सब ख़त्म हो ही जाता है। हर दुख-दर्द, हर परेशानी, हर ख़ुशियाँ। ये ज़िन्दगी हम सबको किराए पर ही तो मिलती है ना! जीने के लिए। जब जिसका समय लिखा होता है, वो चला जाता है। और जो रह जाता है, उसको जीना ही पड़ता है। इसलिए उदास मत हो। मैं हमेशा तेरी ख़ुशी चाहता था, पर तुझे ख़ुश कर नहीं पाया। समाज के बारे में सोचते हुए जीता रहा और आज जब मैं यहाँ इस हालत में हूँ, तो मेरा वो समाज नहीं, बस तू है मेरे सामने, मेरे पास। मैंने जो भी दुख दिया तुझे, उसके लिए मुझे माफ़ कर देना।

देव : हम्म्म!

देव अपने आँसुओं को पोंछ, पुरानी बातों को अपने दिमाग़ से थोड़े पल के लिए बाहर निकालता है। और मुस्कुराता हुआ दद्दू को देखता है।

देव : और ये सब क्या है? ठेला लेकर गली-गली घूमते रहते हो इस उम्र में। बहुत बड़े आदमी थे आप तो। आपको ये सब बचपना करने का मन कबसे करने लगा ?

दद्दू : (मुस्कुराते हुए) तुझे मालूम नहीं क्या? मैंने होश संभालने के बाद, ठेले पर ही अपने जीवन का सफ़र शुरू किया था। तेरी माँ से शादी के वक़्त, तेरे नाना जी ने मुझे ठेला तोहफ़े में दिया था। ठेला चला कर ही बड़ा आदमी बना था मैं। बहुत यादें जुड़ी हैं ठेले से मेरी। अब तो बचपना ही लगेगा तुझे मेरा ठेला चलाना, पर इस ठेले को धकेलने की ज़िम्मेदारी ही मुझे, ज़िन्दा होने का एहसास दिलाती आई है। और तेरी माँ को साफ-सफाई बहुत पसंद थी ना! हमेशा मुझसे लड़ती रहती थी साफ सफाई के लिए। उसे अपने आसपास हर जगह, सफाई चाहिए ही होती थी। जब बहुत समय तक अकेला रहा, तो सोचा क्या करूँ अपनी बची हुई ज़िन्दगी के साथ? मैंने अपनी ग़लती का प्रयाश्चित करने के लिए, किन्नर कल्याण के लिए, एक संस्था भी खोली। पर सब काम तो वसीहत और बाक़ी लोग संभाल लेते थे। इस बूढ़े को अपना मन भी तो कहीं लगाना था। तो मुझे ख्याल आया कि क्यों ना मैं कुछ ऐसा करूँ, जिससे तेरी माँ की यादें भी साथ रहें और मेरा भी मन लगा रहे। फिर मुझे ख़बर लगी कि तू यहाँ इस शहर में है। तो बस यहीं आ गया। और घूम-घूम कर बच्चों को फल देकर, उनसे कचरा लेने लगा। सोचा इसी बहाने, बच्चे थोड़ा सफाई रखना सीखेंगे! और ये बच्चे

ही तो देश का भविष्य हैं। ये फल की लालच में ही सही, अगर सफाई रखना सीखेंगे, तो आगे बिना लालच भी सफाई इनकी आदत में आ ही जाएगी। बचपन में जो सीख मिलती है ना! वो हमेशा साथ रहती है।

कुछ सेकंड शाँत रह कर, लम्बी साँस लेते हुए दद्दू

दद्दू : जब इंसान अकेला हो जाता है ना! तब अपनों की निशानियाँ ही जीने की उम्मीद देतीं हैं। दुनिया इसे बचपना कहे या पागलपन, जो चीज़ें ख़ुशी दें, वो करते रहनी चाहिए। बस साँस लेना ही ज़िन्दा होना नहीं होता!

देव, दद्दू को देख मुस्कुराता रहता है।

देव : इतनी बड़ी-बड़ी बातें मुझे समझ नहीं आतीं!

तभी डॉक्टर दोनों के वार्तालाप के बीच आकर, दद्दू को आराम करने की सलाह देता है।

धीरे-धीरे समय का पहिया आगे बढ़ता है। देव और बच्चे, दद्दू से मिलने अस्पताल आते रहते हैं और दद्दू के अंतिम दिन बहुत अपनेपन के साथ बीतते हैं। एक दिन दद्दू अचानक़, इस दुनिया को छोड़ कर चले जाते हैं। बिट्टू, देव और सभी बच्चे, दद्दू को अंतिम श्रद्धांजलि दे कर, अपनी-अपनी ज़िन्दगी में वापस लौट जाते हैं।

समय के साथ सभी बच्चों को दद्दू के बिना रहने की आदत हो जाती है। समय किसी के लिए नहीं रुकता। बच्चों की गर्मियों

की छुट्टियाँ ख़त्म हो जातीं हैं और बच्चे अपने स्कूल के बस्ते को, किताबों से भरने की तैयारियों में लग जाते हैं।

जुलाई के महीने में शुरुआती तेज़ बारिश में, बिट्टू अपने घर के अंदर बैठा, अपनी सभी कॉपी और किताबों पर कवर और नेम चिट लगा रहा होता है। किट्टू भी पास बैठा, अपनी नई किताबों को कवर और अपने मनपसंद नेम चिट लगवाने को बेताब था। बिट्टू और किट्टू एक नेम चिट, जो दोनों की पसंदीदा थी, उसे पाने को लड़ रहे होते हैं, तभी पप्पू की आवाज़ आती है।

पप्पू : बिट्टू जल्दी पुलिया पर आ!

बिट्टू, पप्पू की आवाज़ सुन खिड़की पर आता है।

बिट्टू : क्या हुआ?

पप्पू : जल्दी पुलिया पर आ।

पप्पू पुलिया की तरफ़ भागता है। बिट्टू भी पप्पू की जल्दबाज़ी देख, खिड़की से नंगे पाँव आँगन में कूद, बारिश में भीगता हुआ, अपने मोहल्ले की पुलिया के पास पहुँचता है।

बिट्टू वहाँ, देव को अपनी अतरंगी साइकिल के पीछे दद्दू का ठेला फ़िक्स करके, बच्चों से कचरे की थैलियाँ लेकर, फल बाँटते हुए देखता है। देव ने अपनी साइकिल को, दद्दू के ठेले के साथ फ़िक्स कर, बारिश से बचने के लिए, ऊपर तिरपाल की छत सी सजाई हुई है। वो तिरपाल, ठेले में लगे डंडो के सहारे बँधी हुई हैं। अपनी साइकिल की डिक्की मे रखे रेडियो के संगीत के साथ,

सतरंगी कपड़े, जूते, टोपी और चश्मा पहना देव, बच्चों को दद्दू के जैसे ही कचरे की थैलियों के बदले, फल बाँटते जा रहा था।

देव की साइकिल के पीछे और ठेले के आगे, बीच में, दद्दू, कमला देवी और सरिता की तस्वीरें रखीं हुईं थीं। दद्दू और कमला देवी की तस्वीर, फूलों का हार पहनें और सरिता की तस्वीर, बिना हार पहनें, देव के साथ उसके जीवन के पहियों पर सवार होकर, देव के नये सफ़र का आनंद ले रहीं थीं। बिट्टू ख़ुशी से मुस्कुराता हुआ, देव के पास पहुँचता है।

बिट्टू : देव! तुम।

देव : थैली नहीं लाए हो, तो फल भी नहीं मिलेंगे। दोस्त हो तो घर आना, चाय-बिस्कुट खा के जाना। यहाँ कोई दोस्ती नहीं।

देव और बिट्टू दोनों ठहाके मार कर हँसते हैं। और देव, साइकिल को पैडल मारे, अपने सफ़र पर निकल पड़ता है।

जिस तरह समय का पहिया निरंतर घूमता रहता है, उसी तरह ज़िन्दगी का पहिया भी बस घूमता ही रहता है। अब सफ़र के लिए कोई सवारी चढ़े या उतरे, इससे पहियों को कोई फ़र्क़ नहीं पड़ता।

ये कहानी "पहिये ज़िन्दगी के" आपके मन में बहुत से प्रश्नों को पहियों की तरह घूमता हुआ छोड़ कर, आगे बढ़ रही है। चिंता ना कीजिए! सफ़र अभी ख़त्म नहीं हुआ, ये तो बस शुरुआत है।

कहानियाँ आगे भी जन्म लेंगी, तब तक अपने इंतज़ार के पैडल को, निरंतर चलाते रहिए, क्योंकि सफ़र का कोई अंत नहीं होता!!!